예고의 음악 천재 3

강서울 현대 판타지 소설

초판 1쇄 찍은 날 § 2023년 1월 13일
초판 1쇄 펴낸 날 § 2023년 1월 20일

지은이 § 강서울
펴낸이 § 서경석

총괄팀장 § 황창선
편집책임 § 박현성
디자인 § 스튜디오 이너스

펴낸곳 § 도서출판 청어람
등록번호 § 제387-1999-000006호
등록일자 § 1999. 5. 31
어람번호 § 제1-3203호

본사 § 경기도 부천시 부일로 483번길 40 서경B/D 3F (우) 14640
편집부 § 서울특별시 구로구 디지털로 272 한신IT타워 404호 (우) 08389
전화 § 02-6956-0531 팩스 § 02-6956-0532
http://www.chungeoram.com
E-mail § chungeorambook@daum.net

ISBN 979-11-04-92475-0 04810
ISBN 979-11-04-92468-2 (세트)

도서출판 청람

강서울 현대 판타지 소설

예고의 음악천재

3

MODERN FANTASTIC STORY

목차

Chapter. 1

　　신서진의 첫 TV 출연 대성공.

　　이 소식에 가장 웃지 못할 사람이 한 명 있었다.

　　그날 밤, 된통 깨지게 생긴 한 사람이었다.

　　가로등도 없는 어두컴컴한 골목길.

　　"커억……."

　　너덜너덜해진 서울예고의 교복을 움켜쥔 상태로 남이준은 한 바퀴 굴렀다.

　　"악!"

　　그대로 벽에 머리를 부딪히고 만 남이준은 고통스러워하며 손을 뻗었다.

　　저만치 날아가 버린 명찰.

　　다급히 명찰을 집어 들려 했지만 한발 늦었다.

빠각.

정장을 입은 남자가 산산조각이 난 명찰을 들어 올렸다.

남이준은 벌벌 떨면서 고개를 들었다.

아마 그 자리에 제 손이 있었더라면 자신의 손가락도 저 명찰과 비슷한 운명이 되었을지도 몰랐다. 어둠 속에서도 남자의 형형한 눈빛은 고스란히 느껴졌다.

남이준은 침을 삼키며 아랫입술을 세게 악물었다.

"그 멍청이의 정체를 아직도 못 알아냈다고?"

"네……."

"좋아, 그 재수 없는 신이 제 발로 축제도 서고, UCC도 찍고, 신나게 드라마까지 출연하는 동안 네가 뭘 했는지 나한테 보고해 봐."

차마 입을 열 수가 없었다.

축제에서 신서진의 정체를 알아내는 데에 실패했고.

그 후으로는 신서진을 제대로 마주친 적도, 특별히 알아낸 것도 없었다.

남이준은 겁에 질린 얼굴로 눈치를 살피며 고개를 저었다.

퍽.

무능의 대가는 처참했다.

남이준은 순식간에 부웅 날아가고 말았다.

허겁지겁 도망치려 했지만 목덜미를 붙들리고 말았다.

인간의 힘이 아니다. 차원이 다른 손아귀 힘에 남이준은 창백한 낯빛으로 질질 끌려갔다.

남자는 남이준의 목을 조르며 나직이 속삭였다.

"그 자식의 약점도 못 알아냈어?"

신들이 하나같이 연예계로 진출하고 있는 이유.

남자는 그 이유가 무엇인지 짐작했다. 인간들의 관심을 받아 이전의 힘을 되찾겠다는 것.

그 의도를 정확히 꿰뚫었기 때문에 더 조급했다.

그 사악한 계획은 반드시 막아야 했다.

"그놈이 힘을 되찾으면……."

"켁……."

"너도 나도 그냥 죽는 거야."

"형, 제발."

허공에 매달린 남이준이 버둥거리자 조여 오는 힘이 한층 더 강해졌다.

고작 인간인 남이준이 버텨 낼 수 있는 힘이 아니었다.

"살, 살려 주세요……."

급기야 거품을 물며 뒤로 넘어가려던 순간, 다행히 남이준은 그의 손아귀에서 벗어날 수 있었다.

퍽.

남이준은 숨을 거칠게 몰아쉬며 앞으로 고꾸라졌다.

"분발해. 허튼 생각 하면 너라도 살려 두지 않을 거니까."

"허억… 헉."

죽일 뻔했다. 제힘을 조절하지 못한 것인지 남자는 사뭇 당황한 얼굴로 뒤로 물러섰다.

하지만, 그것도 잠시.

그 일말의 인간성이 다시 분노로 채워졌다.

짙은 분노의 한마디가 나직이 울려 퍼졌다.

남자는 살기 어린 시선으로 남이준을 향해 읊조렸다.

"그 괴물들이 세상을 활개 치고 다니는 건 막아야지."

괴물이라.

남이준의 눈에는 눈앞의 남자가 괴물처럼 느껴졌다.

적어도 한때는 저 지경까진 가지 않았던 그의 친형.

"들어가 봐."

털썩.

남이준은 바닥에 주저앉은 채로 저도 모르게 자조 섞인 웃음을 흘렸다.

어디서부터 잘못된 걸까.

"10년 전……."

그래, 그때부터였다.

*　　　　　*　　　　　*

활활 타오르는 집안. 숨이 조여 오도록 뜨거운 열기.

그것이 남이준의 10년 전 기억이었다. 모든 것이 흐릿했지만 그 기억의 파편만큼은 선명히 남아 있었다.

살기 위해 몸부림쳤던 기억도. 누군가에 의해 구출되던 순간도.

번개가 내리치는 소리가 들렸고, 매캐한 연기에 까무러친 후 정신을 차렸을 때는 집 앞마당에 내던져져 있었다. 잿더미가 되어 버린 집을 바라보며 무슨 생각을 했는지, 무슨 말을 했는지는 기억나지 않았다.

확실한 건 그 참사 속에서 살아남은 이는 자신과 형. 둘뿐이었다는 것.

저벅저벅.

검은 양복을 입은 남자가 불구덩이 사이에서 걸어 나왔다.

이미 축 늘어진 자신의 형을 옆에 던져 둔 채였다.

"형… 형!"

남이준이 허겁지겁 그쪽으로 달려가자, 검은 양복은 그를 가볍게 밀어냈다.

그나마 위안이 될 만한 한마디가 그의 입에서 싸늘하게 튀어나왔다.

"살았어."

남이준은 그 자리에서 털썩 주저앉았다. 겨우 아홉 살, 아무리 어린 나이라 해도 눈앞의 저 풍경이 별 희망적인 상황이 아니라는 것쯤은 알았다. 아무런 준비 없이 부모를 잃었고 하나뿐인 안식처는 잿더미가 되어 사라졌다.

황망한 표정으로 한참 허공을 올려다보던 남이준은 양복 남자의 말에 고개를 돌렸다.

그 어느 소리도 귀에 들어오지 않는 상황이었지만, 그의 한마디는 제법 또렷하게 머릿속에 박혔으니까.

"신의 벌을 왜 받은 건지 궁금하니?"

타닥타닥.

집에서부터 시작된 불길은 산다밭을 태우기 시작했다. 매캐한 연기가 하늘을 뚫고 올라가 먹구름을 만들 것 같았다. 흡사

지옥의 불구덩이라 해도 크게 이상하지 않을 것 같은 잔혹한 광경.

남이준은 떨리는 목소리로 그 한마디를 입안에서 굴렸다.

"신의… 벌이요?"

저 말은 이게 신의 뜻이라도 된다는 걸까.

남자는 조소 섞인 표정으로 차디찬 말을 뱉었다.

"원래 그자들은 그래. 마음에 들지 않는 일이 있으면 벌하거든. 순전히 자기들 마음대로지. 법에는 기준이 있고 원칙이 있지만. 그들의 법에는 기준도, 원칙도 없어."

"……."

"그들의 분노가 기준이고 원칙일 뿐이야."

담담한 목소리가 미세하게 떨려 왔다.

남이준은 이해할 수 없는 말에 멍하니 앉아 고개를 숙였다.

뚝.

그저 투명한 눈물이 남이준의 뺨을 타고 흘러내렸다.

양복을 입은 남자는 그의 옆에 쪼그려 앉아 눈높이를 낮췄다. 아까의 차갑던 눈빛은 다시금 동정으로 바뀌어 있었다.

"제우스 신과 세멜레의 이야기를 아니?"

남이준은 천천히 고개를 저었다.

남자는 흐릿한 미소를 지으며 자리에서 일어났다.

고전 설화에서나 나올 법한 이야기가 그의 입에서 줄줄 흘러나왔다.

"그러니까 그 이야기는 말이다……."

바람을 피우는 것으로 유명한 제우스 신의 수많은 여자들 중

하나였던 세멜레.

신화를 많이 읽어 본 이들이라면 알겠지만 이런 치정 관계라면, 꼭 등장하는 신이 있다. 바로 제우스의 아내, 헤라 여신.

몰래 만났을 때라면 몰랐겠지만, 제우스와의 사이를 알게 된 헤라가 그녀를 가만히 놔둘 리 없었다.

헤라는 세멜레를 꼬드겨 그녀가 만나는 제우스 신이 가짜일지도 모른다고 속삭인다. 슬프게도 그 멍청한 말에 흔들린 세멜레는 제우스에게 그의 본모습을 보여 달라는 소원을 빌게 된다.

그 결과는 실로 참혹했다.

제우스의 실제 모습에서 나온 광채에 세멜레는 비명도 내지르지 못하고 새까맣게 타 죽어 버렸으니까.

신들의 사랑 싸움에 말려든 대가. 결국 비극으로 끝이 난 이야기에 남이준은 인상을 찌푸렸다.

"……."

온전히 이해하진 못했어도 괜히 나온 말이 아니라는 것쯤은 알았다.

평화롭던 집 위로 벼락이 떨어진 이유. 그와 연관성이 짙어 보이는 남자의 옛날이야기.

생각을 정리한 남이준은 떨리는 목소리로 입을 뗐다.

"그러면……."

"네 어머니도 비슷한 경우였지. 유감스럽게도."

수년을 어떻게 들키지 않고 버텼는지는 몰라도 이것은 이 가족에게 예견된 미래나 다름없었다.

대수롭지 않게 답하는 남자의 말에 남이준은 주먹을 움켜쥐며 자리에서 일어섰다.

'예사롭지 않은 인간이네.'

아까까지는 초점 없던 두 눈이 복수심으로 활활 타올랐다.

"제가 어떻게 하면 돼요?"

"뭘?"

"복수할 거예요. 반드시, 똑같이 갚아 줄 거예요."

이 얘기를 자신에게 꺼낸 이유도 복수하길 바랐기 때문이 아닐까.

멋대로 착각한 남이준은 이어지는 양복 남자의 말에 크게 당황했다.

"네가?"

마치 하찮은 미물을 보는 듯한 시덥지 않은 시선.

"너는 못 해."

스윽. 굳어 있는 남이준의 머리를 한 번 쓰다듬은 남자의 시선이 쓰러져 있는 형에게로 향했다.

"저 아이가 하겠지."

제우스의 아이.

"네 손으로 모두 벌하거라. 나를 포함한 모든 신들을, 단 하나도 남기지 말고."

"……."

"그래야 새로운 시대가 열릴 테니."

화르륵.

남자는 좀처럼 사그라들지 않는 불길을 노려보며 나직이 중얼거렸다.

                    *   *   *

"인물은 인물이야. 어디서 이런 애들을 구해 온 거야?"

〈하이스쿨 2015〉의 메인 작가, 최은미는 연신 감탄을 터뜨리며 지난 방송분을 재탕했다. 원래 본인 작품의 모니터링은 필수적으로 거치는 그녀였지만 이렇게 여러 번이나 본 것은 처음이라고 할 수 있었다. 그것도 같은 장면만 반복해서 보는 건 더더욱.

신서진의 분노 섞인 비아냥 씬과 다섯 명의 버스킹 장면.

작중 에피소드 내용을 바꾼 것이 전혀 후회가 되지 않는 연출이었다. 실제로 이 장면에서 시청자들의 반응도 뜨거웠다. 다들 저 라이징 스타의 정체를 궁금해했다.

"처음 보는 얼굴들인데……."

어린 친구들 사이에서는 벌써부터 유명한 것 같았지만, 너튜브와 트렌드에 약한 그녀로서는 낯선 얼굴들이었다.

그럼에도 순식간에 저 무대에 매료되어 버렸다. 카메라와 연출의 힘으로 다듬은 무대가 저 정도라면 라이브 무대는 그 나름의 울림이 또 있지 않을까.

그런 궁금증으로 최은미 작가는 바쁜 마감 일정 와중에도 그들의 영상을 찾아 보고 말았다.

…결국 정신 차려 보니 세 시간이 흘러 있었다.

"뭐야, 대체."

이거 완전 시간 도둑이다. 몇 개를 봤을 뿐인데 계속 돌려 보느라 시간 가는 줄도 몰랐다.

가만히 있어도 뿜어져 나오는 스타성. 촬영 감독도, PD도, 유재현 작가도 느꼈던 그 스타성이 그녀의 시선을 사로잡았다.

사실 최은미 작가는 신인을 잘 발굴하는 작가로 유명했다.

신인 배우여도 끼가 보이면 과감하게 주연 자리에 꽂아 넣는다.

톱배우로 활동하고 있는 서태웅, 이희진의 경우에도 그녀의 드라마를 기점으로 확 뜨게 된 슈퍼스타였다. 덕분에 신인 배우 굴착기라는 별명까지 그녀를 따라다니기 시작했다.

그 명성이 거저 나온 것은 아니다. 타고난 예리한 감각이 귀신 같이 잘될 친구들을 뽑아내기 때문.

그녀의 촉이 말하고 있었다.

"얘들 괜찮은데?"

그리고 그러한 촉은 비단 그녀에게 통하는 것만은 아니다.

띠리링.

최은미 작가는 시끄럽게 울려 퍼지는 벨 소리에 휴대전화를 들었다.

예전에 같이 보조 작가로 활동했던 대학 후배, 지금은 라디오 작가로 활동하고 있는 지인에게서 온 전화였다.

"오랜만이야, 무슨 일?"

─언니, 저 부탁할 게 있어서요!

"부탁?"

최은미는 어깨를 으쓱이며 말을 뱉었다.

"무슨 부탁인데?"

―언니 드라마에 출연했던 카메오요. 그 에이틴이라는 친구들.

"에이틴?"

최은미는 익숙한 이름이 나오자마자 두 눈을 반짝였다. 아직 데뷔도 못 한 녀석들이다. 자신의 드라마에서 처음 발굴된 거나 다름없는데, 무슨 말을 하려고 이 친구들을 찾는 걸까.

설마.

최은미의 감은 이번에도 맞아떨어졌다.

―저희 라디오에 서을예고 라이징 스타 특집으로 애들 필요한데, 걔네 잘 아세요?

"재현이가 연락처 가지고 있을 건데. 왜?"

―저희가 섭외하고 싶어서요.

최은미 작가는 피식 웃음을 흘리며 기분 좋게 휴대전화를 고쳐 들었다.

"이야, 너네 보는 눈 좋다."

―네?

"재현이에게 연락해 둘게."

뭔가 잘될 거 같은 예감이 든다.

"미리 침이라도 발라 놔야 하나?"

뚝.

최은미 작가는 전화를 끊자마자 진지하게 고민하며 펜을 고쳐 들었다.

*　　　　*　　　　*

우르르 몰려나오는 서을예고 학생들. 그 인파에 둘러싸여 가벼운 발걸음으로 기숙사에 향하던 에이틴의 다섯 멤버는 교문 앞에서 놀란 눈으로 멈춰 서고 말았다.

멀대같이 큰 키에 초췌한 페이스.

왜인지 익숙한 얼굴이 교문 앞에 서 있었다.

"안녀엉!"

어딘가 안쓰러워 보이는 막내 작가 유재현이었다. 퀭해 보이는 두 눈엔 금방이라도 소진될 거 같은 아주 미량의 생기만이 남아 있었다. 하지만, 변함없이 해맑은 미소가 그의 얼굴을 단번에 알아보게 해 주었다.

최성훈이 놀란 얼굴로 달려갔다.

"엇! 작가님?"

"떡볶이 먹고 싶지 않아? 떡볶이 먹기 딱 좋은 날씨인데."

신서진은 의심스러운 눈치로 머리를 긁적였다.

오랜 세월을 살면서 깨달은 게 있다. 대가 없는 호의는 존재하지 않는다는 걸.

"무슨 꿍꿍이에요?"

"야, 너네들 섭하다. 나 그렇게 나쁜 사람은 아니야. 가자!"

"…난 갈래."

"먹을 거면 가야지."

"저 사 주세요!"

사 준다고 하니 일단 따라가긴 하는데…….

따라가면서도 이유를 알 수 없는 찝찝함은 사라지질 않는다.

하지만, 그것도 잠시뿐이었다.

막상 떡볶이가 나오자마자 모두들 눈빛부터 달라졌다.

"와아아악!"

학교 근처에서 파는 분식집 떡볶이. 한 컵에 천 원 정도 하는 떡볶이를 한 명씩 쥐어 주자 다들 전투적으로 먹기 시작했다.

짭짤한 어묵부터 한입에 밀어넣고, 윤기가 흐르는 쫄깃한 떡을 크게 베어 물었다. 중독적인 맛의 매운 양념이 떡과 함께 목구멍을 타고 넘어간다. 신서진은 감격한 얼굴로 나직이 중얼거렸다.

"하, 이거지."

"뜨… 뜨뜨… 하아, 진짜 맛있다."

뜨거운 어묵 국물까지 곁들여 주면 환상의 맛이다. 정신 차려 보니 어느덧 다들 절반 이상 먹어 치웠다.

오물거리면서 열심히 집어 먹고 있는 유민하를 발견한 최성훈이 일침을 날렸다.

"다이어트 중이라며."

"내일부터야."

"그건 인정이지."

분명 다이어트를 한다는 사람이 많았던 거 같은데, 춤 연습을 할 때만큼이나 열정적으로 먹어 댄다. 이다영은 혀를 내두르며 엄지손가락을 치켜들었다.

"너무… 맛있어……."

"야, 울면서 얘기하진 말고."

"안 울었거든!"

"작가님, 저희 어묵도 시켜도 돼요……?"

"어, 시켜. 다 시켜. 내 돈 아니야."

애들을 배불리 먹이고 나서 말하라고 했으니 조금 많이 써도 뭐라고는 안 하겠지.

그래 봤자 분식집인걸. 최은미 작가의 카드를 들고 온 유재현은 자신 역시 주문의 반열에 끼어들었다.

"아주머니, 여기 피X츄 돈까스 하나 더 주세요. 아, 어묵 2인분도 같이!"

"네에, 같이 나가요!"

결국 배 부르게 식사를 마치고 후식으로 슬러시까지 먹고 나왔다.

이만하면 분식집을 풀코스로 즐겼으니 슬슬 본론으로 들어가 볼까.

"애들아!"

유재현은 손뼉을 치며 에이틴의 시선을 집중시켰다.

단체로 귀를 쫑긋하고선 이쪽을 돌아본다. 유민하가 피식 웃으며 핵심을 짚었다.

"대체 뭔데요? 그냥 찾아오신 건 아닐 거잖아요."

"히익, 불순한 의도가 있었네."

"역시 떡볶이 사 주는 사람을 경계해야 해."

신서진과 최성훈이 속닥거리며 말을 얹었다. 유재현은 머쓱하게 웃으며 자폭했다.

"불순한 의도 인정할게. 사실 부탁 받고 온 거거든."

"무슨 부탁이요?"

유재현은 두 눈을 천천히 굴리고선 폭탄 같은 발언을 던졌다.

"너네, 라디오 나갈래?"

켁.

하마터면 먹고 있던 슬러시를 그대로 뿜을 뻔했다.

유민하는 슬러시를 내려놓고 기겁하며 되물었다.

"네에?"

"라디오를요?"

*　　　*　　　*

감사한 기회였다. 주영준 선생이 적극적으로 떠민 덕분에 에이틴은 결국 라디오 스튜디오에 오게 되었다.

인생 첫 라디오. 다섯 명은 짧게 심호흡을 하며 숨을 가다듬었다.

"다들 괜찮아?"

보기와는 달리 의외로 떨고 있는 것은 최성훈이었다.

아무래도 긴장되는지 거듭 죄 없는 물만 들이켜던 최성훈은 조금이나마 진정이 된 듯 의자에 앉았다.

와중에 유민하는 걱정이 태산이었다.

최성훈이야 덜덜 떤다 해도 실전에 가서는 잘할 녀석이라 크게 걱정이 안 되는데, 상대가 신서진이라면 걱정이 안 될 수가 없다.

재배치고사에서 신박한 수상 소감을 펼친 전력, 괴상한 인터뷰로 기자를 황당하게 한 전력 외에도 신서진의 폭탄 발언은 끝이 없었다. 차라리 악의가 있는 거라면 모를까, 참으로 해맑게 무서운 말들을 뱉어 내니 미리 입단속을 단단히 해 놔야 했다.

때문에 유민하는 신서진에게 열심히 주의를 주고 있었다.

"라이브잖아, 알지? 말실수하면 절대 안 되는 거."

"응."

"말 제대로 해야 해. 중간중간에 오디오 비면 안 되니까, 최대한 성실하게 답하고."

"어엉."

"이상한 말은 절대 하지 말고, 알았지?"

"그야 당연하지."

그리고 또.

유민하는 발을 동동거리며 다음 말을 생각해 냈다.

"모르겠으면 대답은 네로 해."

"네."

"아, 맞다. 특히 너, 맨날 선배 까지 말고 좋은 건 일단 선배 덕으로 돌려."

"이상한 인간이어도?"

"네가 이상한 인간이 되는 것보단 나아."

나는 인간이 아닌데…….

신서진은 시무룩한 얼굴로 작게 중얼거렸다.

유민하는 그런 와중에도 속사포로 라디오 특강을 이어 갔다. 그녀 역시 라디오 출연은 처음이지만 나올 만한 예비 질문은 이미 다 공부해 둔 뒤였다.

짝. 유민하는 손뼉을 치며 신서진에게 말했다.

아, 까먹을 뻔했다.

"데뷔 클래스 질문 나올 거 같던데."

"아, 우리 데뷔 클래스."

"막 분위기 같은 거 물어보면 훈훈하고 가족 같다고 해."

그냥 평범한 라디오지 취조장이 아니니 특별히 기자들의 먹잇감이 될 만한 질문은 나오지 않을 것이다. 하이에나 같은 기자들 앞에서라면 모를까, 이만하면 크게 걱정할 것은 없다.

유민하는 그제야 숨이 트인 듯 개운한 얼굴로 손바닥을 펴 보였다.

"하이 파이브!"

"잘하고 오자!"

*　　　*　　　*

사람들이 정신없이 오갔던 드라마 촬영장과는 달리 라디오는 굉장히 평화로운 편이다.

보이는 라디오로 진행되는 현장이었기 때문에 에이틴은 카메라의 위치를 확인하고선 손을 흔들어 인사했다.

'해와 달의 라디오' DJ 최혜원은 어린 서울예고 친구들을 보며 미소를 지었다.

오늘의 출연자는 라디오가 생판 처음이라는 열여덟 살의 학생들.

아니나 다를까. 단체로 삐약이며 자리에 앉는다.

"안녕하세요, 에이틴입니다!"

"서울예고에 재학 중입니다. 잘 부탁드려요!"

최혜원은 부드럽게 웃으며 라디오를 진행하기 시작했다.

ON AIR 빨간 불이 들어오자, 기다리고 있던 댓글들이 순식간에 쏟아졌다.

　―헐 오늘 에이틴 출연이에요?

　―세상에 이거 보려고 해달라 틀었다

　―ㅠㅠㅠㅠㅠ 애들 귀여워

　―카메라 찾는 거 봐 ㅋㅋㅋㅋ 진짜 데뷔 안 한 티 난다 순수해서 좋네

　―얘들아 오늘 파이팅하자!

"네, 여러분을 기다려 주신 저희 해달라 청취자분들이 참 많아요. 한 분씩 자기소개 해 주실까요?"

정돈된 분위기에서 시작된 라디오. 오른쪽 끝에서부터 한 명씩 자기소개가 시작됐다.

이유승은 어색하게 웃으며 제법 우렁차게 말을 뱉었다.

"자칭 춤의 신, 서울예고 2학년 이유승이라고 합니다! 오늘 열심히 하고 가겠습니다!"

　―긴장했네

　―ㅋㅋㅋㅋㅋㅋㅋ 귀여워 누가 봐도 긴장했어

　―춤의 신 ㅋㅋㅋㅋㅋㅋ 춤신춤왕이냐고

그다음은 최성훈이었다. 대기실에서부터 유독 긴장한 티를 냈던 최성훈이었지만 유민하의 예상대로 막상 실전에 들어가니 잘한다. 최성훈은 카메라를 바라보며 싱긋 웃고선 매끄러운 멘트를 던졌다.

　"에이틴의 최성훈입니다. 첫 라디오라 떨리지만 모든 걸 다 후회 없이 보여 드리고 가겠습니다."

　그다음으로 유민하, 이다영, 신서진의 자기소개가 차례로 이어졌다.

　이만하면 초짜들 데려다 놓은 것치곤 매끄러운 진행이다.

　최혜원은 만족스러운 듯 고개를 끄덕이고선 말을 이어 갔다.

　"네, 잘 들었습니다. 오늘 여러분들에게 몇 가지 질문을 던져 보려 하는데. 그 전에 에이틴의 유명 커버곡이죠. 리셉터의 '하늘 바다' 라이브로 듣고 가겠습니다."

　─와아아아아악!
　─이거 라이브로 듣고 싶었는데 진짜
　─이거 축제에서 부른 거 맞죠?
　─미쳐따…….

　축제에나 서 봤지 라디오에서는 처음 라이브로 선보이는 무대.
　유민하는 마이크를 체크하고선 자신 있게 고개를 끄덕였다.
　"파이팅!"
　기존에는 난타곡으로 진행되었던 무대였지만 스튜디오 공간상 축제 무대를 그대로 재현할 수는 없었다.

하지만, 유민하의 맑은 목소리는 그 아쉬움을 완벽히 잊게 만들었다.

푸르른 하늘이 바다처럼 느껴졌어
그 품에 안겨 하루를 자고 싶었어

드라이브를 하면서 들어도 될 것 같은 청량한 보이스.
신서진은 이 노래를 부를 때면 알 수 없이 심장이 뛰는 걸 느꼈다.
처음 무대에 섰던 노래이자, 노래의 즐거움을 알려 줬던 곡.

설레는 내 마음이
파도처럼 요동치고 있어
눈부신 네 모습이
햇살처럼 빛나고 있어

신서진은 발끝을 까닥이며 리듬을 탔다. 탄탄하게 받쳐 주는 화음과 어우러져 유민하의 고음이 더 빛을 발했다. 드넓은 바다를 연상시키는 시원시원한 목소리에 최혜원은 저도 모르게 탄성을 터뜨렸다.

'제법인데?'

처음에나 떨었지 어느새 즐기고 있다. 그새 노래 실력이 일취월장한 이유승이 파워풀하게 고음을 뽑아냈다. 마치 아카펠라를 하듯 다섯의 목소리가 겹겹이 쌓였다.

"와. 잘한다……."

이런 무대를 눈앞에서 직관하게 될 줄이야.

청취자들의 마음도, DJ의 마음도 정확히 같았다.

스튜디오에서 부르는 것치고는 너무 고퀄리티의 무대가 아닌가.

끝없이 헤엄치고
쉴 새 없이 날아가도
닿지 않을 것만 같아서
가끔은 두려워

노래가 하이라이트로 치달을수록 댓글이 내려가는 속도도 빨라진다.

지금 이 순간, 방구석 콘서트를 즐기고 있는 수많은 사람들.

비록 짧고 열악한 환경에서 펼친 무대였지만. 에이틴은 그들을 실망시키지 않았다.

이 비좁은 무대를 축제 한복판으로 만들 수 있는 능력.

에이틴에겐 분명 그들만의 청량함과 통통 튀는 색깔이 있었다.

그래도 달리고 싶어
바다 같은 저 하늘을

"들어 주셔서 감사합니다."

"이야아아아, 진짜 대박이다!"

마이크를 쥔 채 씨익 웃어 보이는 최성훈의 한마디가 끝나기 무섭게.

최혜원은 반사적으로 박수를 치며 자리에서 일어났다.

*   *   *

"아, 아까 너무 많은 분들이 댓글을 남겨 주셨는데요."

DJ 최혜원은 흥분이 가시질 않는지 혀를 내두르며 빠르게 댓글을 읽어 나갔다.

"7,234번님이 '이번 시즌 해달라 역대급 무대였던 거 같아요, 다시 보기로 다시 듣고 싶은 무대였어요'라고 해 주셨고요. 2,490번님이 '와, 진짜 바다 가고 싶네요. 듣고만 있어도 시원해요'라고 말씀해 주셨어요. 어우, 진짜 이 친구들이 노래를 너무 잘하더라고요. 듣다가 제가 놀랐잖아요."

"감사합니다!"

"정말 잘 들었습니다."

최혜원의 말은 빈말이 아니었다. 실시간으로 진행되는 라디오 생방송만 아니었다면 앙콜을 외치며 한 곡 더 듣고 싶은 심정이었다. 하지만, 남아 있는 질문들이 아직 많다.

"여기는 해달라, 서울예고의 에이틴 학생들과 함께 진행하고 있습니다. 자, 다음 코너는요!"

노래도 들었으니 이제 본격적인 인터뷰 타임이다.

최혜원은 목소리를 가다듬고선 왼편으로 시선을 돌렸다.

물어볼 질문이 한두 개가 아니었지만 아무래도 가장 최근, 〈하이스쿨 2015〉 카메오 출연 건을 빼놓을 수가 없었다.

"하이스쿨 2015에서 얼마 전에 카메오로 출연했다고 들었는데, 저도 봤거든요. 연기 정말 잘하더라고요. 처음일 텐데 힘들었던 점이 따로 있었나요?"

"아무래도 처음 하는 거다 보니 떨리고 긴장됐는데 촬영장 계신 분들이 잘해 주셔서 따로 힘든 점은 없었습니다."

유민하가 정석적인 대답으로 답변을 마치자, 최혜원은 흐뭇한 얼굴로 에이틴을 돌아보았다.

그때, 그녀의 시야에 신서진이 들어왔다.

사실 이번 〈하이스쿨 2015〉에선 신서진의 활약상이 상당하지 않았는가.

"아, 신서진 씨."

제법 열정적으로 두 눈을 반짝이는 신서진.

불안하다.

그가 입을 열자마자 유민하는 긴장한 기색으로 침을 삼켰다.

제발 정석적인 대답……. 제발…….

＊　　　　＊　　　　＊

최혜원이 마이크를 잡고 운을 떼었다.

"신서진 씨가 또 엄청난 연기력으로 화제가 되었었잖아요."

"네, 제가 연기를 잘합니다."

—ㅋㅋㅋㅋㅋㅋㅋㅋㅋ당당하네

—아니, 근데 잘하긴 해

—우리 서진이 배우해라!!!

—당당한 거 귀여워ㅠㅠㅠㅠ

여기까진 괜찮다. 패기 넘치는 신인 정도로 보이지 않을까. 유민하는 두 눈을 질끈 감고선 이 불안한 대화를 주시했다. 그러나, 그녀의 바람과 달리 그 미묘한 불안함은 현실이 되고야 말았다.

"많은 분들께서 진짜 화가 잔뜩 난 거 같다. 아무리 봐도 저건 정말 감정을 담아서 한 거 아니냐, 싶을 정도로 몰입도 있는 연기였는데."

"네네."

"혹시 메소드연기에 몰입할 수 있게 만든 사람이 따로 있나요?"

쏟아지는 말에 잠시 혼란스러워진 신서진. 연기를 잘한다는 것까지는 이해했다.

그런데, 그 뒤의 말이 대체 무슨 의미인지 알 길이 없었다.

메소드연기?

'그게 뭔데.'

최성훈이 눈치를 주며 어서 대답하라고 그를 재촉했다.

생방송 라디오에서 오디오가 비는 것은 방송 사고나 다름이 없었기 때문이었다.

차분히 생각했다면 DJ의 말을 이해할 여유가 있었을지 몰라도, 지금은 아니었다.

그 순간, 유민하가 했던 조언이 머릿속을 스쳐 지나갔다.

'모르겠으면 대답은 네로 해.'

"네."

"정말 예상치 못한 답변이네요. 그래서 그렇게 확실하게 몰입할 수 있었구나. 그러면 그 사람이 누구예요?"

'아, 맞다. 특히 너, 맨날 선배 까지 말고 좋은 건 일단 선배 덕으로 돌려.'

일단 연기를 잘한다는 칭찬이었으니, 좋은 거였겠지.

신서진은 웃으며 이 공을 선배들에게 돌렸다.

"존경하는 선배님들 덕분이죠."

"……!"

신서진의 살벌한 연기를 기억해 낸 최혜원은 흠칫하더니 어색하게 웃었다.

"아, 선배들 덕에 그런 연기를……. 몰입할 일이 되게 많았나 봐요."

"네."

―ㅋㅋㅋㅋㅋㅋㅋㅋㅋㅋㅋㅋㅋㅋㅋㅋㅋㅋㅋ학교에서 애를 어떻게 갈군 거야

―역시 찐텐이었네

―진짜로 빡친 거였얼ㅋㅋㅋㅋㅋ

―선배님들… 뭘 한 거야…….

―아니, 근데 왜케 표정이 뿌듯해 보이냐 ㅋㅋㅋㅋ

―진짜 후련해 보임

―존경하는 선배님들이 ㅋㅋㅋㅋㅋ 웃으면서 디스하네

―아무리 봐도 질문 이해 못 한 거 같음. 긴장했나 봐 ㅋㅋㅋ 제대로 답한 줄 알고 뿌듯해하는 거 넘 귀엽 ㅋㅋㅋㅋ

DJ 최혜원은 신서진의 말을 포장하느라 정신이 없고, 에이틴 멤버들은 가시방석에라도 앉은 듯 눈치를 살폈다.

"아, 이 당당함 너무 좋습니다. 아무래도 서진 씨가 조금 긴장하긴 한 거 같아요. 답변 감사합니다."

"네, 저도 감사합니다!"

유민하의 동공이 빠르게 흔들리고 있는 걸 알 리 없는 신서진은 흐뭇하게 웃으며 고개를 끄덕였다.

막힘 없이 질문에 대답했으니 성공했다, 이 정도면.

'아, 생각보다 잘하네. 나.'

그 후로는 에이틴 다른 멤버들에게 골고루 질문이 돌아갔다. 긴장한 이유승이 몇 번 버벅이긴 했지만, 신서진만 한 실수는 없었기에 인터뷰는 제법 수월하게 넘어갔다.

이다음 질문은…….

최혜원은 쉽지 않을 거란 예감과 함께 열심히 리액션 중인 신서진을 돌아보았다.

신인답게 나름 오디오의 빈자리를 착실히 채워 주며 호응하고 있다.

아까는 긴장해서 이상한 답변이 나왔지만 이번에는 잘하지 않을까.

최혜원은 제법 쉬운 질문을 신서진에게 던졌다.

아까 유민하가 예상했던 질문이기도 했다.

"지금 에이틴 중에서 무려 세 멤버가 서울예고 데뷔 클래스에 들어가 있다고 들었는데 맞나요?"

"네, 저랑 이 친구랑, 이유승이요."

"들어가기 되게 힘들다고 들었거든요. 진짜 음악 천재들만 들어간다고……! 근데, 또 저희가 영화 같은 데에서 보면 천재들끼리 모인 그 분위기가 있어요. 되게 남다르고, 카리스마 있는."

"아, 그렇죠."

"서울예고 데뷔 클래스의 분위기는 어때요?"

신서진은 두 눈을 크게 뜨며 자세를 고쳐 앉았다.

아, 이 질문.

유민하가 알려 줬으니 그대로 말하기만 하면 된다.

유민하의 부담스러운 시선이 바로 옆에서 꽂혔다.

알려 줬으니 잘할 수 있겠지? 하는 표정이다.

"네, 저희 분위기 되게 훈훈하고 가……."

이다음이 뭐였더라?

순식간에 머릿속이 새하얘졌다. 나름 긴장하지 않는 성격이라 여겼는데 생방송은 신서진이 생각했던 것보다 시간의 압박이 심했다.

가로 시작했던 거 같은데, 머릿속에서 또렷이 떠오르지 않던 그때.

"가……."

아, 생각났다.

신서진은 손뼉을 치며 당당하게 외쳤다.

"쪽 같아요."

*   *   *

최혜원은 당황했다.

많이 당황했다.

순간, 다음 멘트를 잊을 뻔했다.

"아, 족 같으시다고요. 아니, 가, 가족 같다고요."

"네, 그렇습니다."

"족… 아니, 훈훈한 분위기셨군요. 어우, 그걸 왜 그렇게 말을……."

—ㅋㅋㅋㅋㅋㅋㅋㅋㅋㅋㅋㅋㅋㅋㅋㅋㅋㅋ

—띄어쓰기의 중요성임?

—이걸 왜 쉬었다가 말해 ㅋㅋㅋㅋㅋㅋ

—노린 거냐고 ㅋㅋㅋㅋㅋㅋ

댓글창이 빠르게 내려가는 동안 최혜원은 식은땀을 흘렸다.

라디오를 수없이 진행해 오며 고비가 많았지만, 방금은 정말 식겁했다.

최혜원은 떨리는 목소리로 대본을 읽었다.

"네, 노래 한 곡… 듣고 갈게요. 주말 드라마 OST죠, '가족 같은 내 남사친에게' 듣고… 가도록 하겠습니다."

—가족 같은 남사친 ㅋㅋㅋㅋㅋㅋㅋ 미친 아 ㅋㅋㅋㅋ

—왜 선곡이 ㅋㅋㅋㅋㅋㅋㅋㅋ

—하필… 이 노래냐고…….

—아 시발 ㅋㅋㅋㅋㅋㅋㅋㅋ

　스튜디오의 마이크가 꺼지고, 영문 모를 신서진이 두 눈을 굴
리고 있는 동안.
　쏟아지는 댓글과 함께 스튜디오에서는 노래가 흘러나오고 있
는 중이었다.
　운 나쁘게 겹친 오늘의 선곡.

아아— 아아아—
가— 족 같은 너에게—
가— 족 같은 너에게에—
전하고 싶었어어어—
너를 좋아한다고—

　"크흐… 크흐흡……."
　차마 대놓고 웃을 수 없어 책상 밑에 머리를 밀어 넣은 최혜
원은.

가— 족 같은 너에게—
가— 족 같은 너에게에—
전하고 싶었어어어—

　"크흐흡……."
　"헉, 어디 아프세요?"

"아, 아닙니다……."

거의 오열 중이었다.

＊　　　　　＊　　　　　＊

'해와 달의 라디오'에서의 해프닝은 한동우 기자의 그럴싸한 포장 덕분에 호평을 받았다.

자칫하면 논란이 될 뻔한 멘트였지만 신서진의 뿌듯한 표정과 그렇지 못한 당당한 대답이 더해지면서 대다수는 신인다운 실수였다는 반응이었다.

화제성을 감지한 기사들이 쏟아졌다.

「메소드라길래 칭찬인 줄 알았다, 다소 긴장한 모습. 올해의 라이징 스타, 신서진」

「한국에서 태어나고 자랐지만 아직은 한국말이 서툴러, 배우는 중」

「[포토] '해와 달의 라디오' 에이틴 출연, 가족 같은 현장」

—이거 라이브 본 사람 ㅋㅋㅋㅋㅋㅋㅋㅋㅋ 디제이 제대로 당황했던데

└아니, 너무 당당하게 말해서 터져 버림

└에이틴 멤버들이 급하게 수습하고 난리 났었어

└유민하 찐 당황한 표정

└아냐 저건 해탈한 표정이야

—한국에서 태어나고 자랐지만 아직은 한국말이 서툴러 ㅋㅋㅋ

ㅋㅋㅋㅋㅋㅋㅋ

└18년밖에 안 살았으면 그럴 수 있지

└세상에 애기네

└애들이니까 긴장해서 그런거징

└이번 한 번만 모른 척해 주자

└부끄러움은 옆 사람들의 몫…….

―와중에 기사 제목 저거 뭐야 가족 같은 현장 ㅋㅋㅋㅋ 저격이냐 ㅋㅋㅋ

└대본 읽은 건가 봐. 고민하다가 생각났는지 뿌듯하게 외치는 표정이 킬포임

└아 귀여어ㅠㅠㅠㅠ

└우리 말랑토끼 흥해라!!

└아 진짜 순수하고 말랑하게 생겼으

└ㅇㅈㅇㅈ

└미쳤다 ㅠㅠㅠㅠ 기사조차 귀여움

―한국말 서툴러도 괜찮으니까 방송 좀 많이 많이 나와 주세요 ㅠㅠㅠㅠㅠ 데뷔 안 한 연생들 파는 거 넘 힘들다… ㅎㅎ

└ㅋㅋㅋㅋㅋㅋㅋ누가 보면 진짜 외국 멤인 줄 안다고

└?? 서진이 혼혈이잖아

└진짜?

└????????

└응 천국과 한국

└ㄴㅓㅓㅓㅋㅋㅋㅋㅋㅋㅋㅋㅋㅋㅋㅋㅋㅋㅋ미친 이미 팬싸 가셨어요?

└얘 팬 미팅이나 보내 줘라 주접 이미 갈고닦았네

ㄴ신서진 보고 있으면 말해죠! 날개 어디에 달았어?

ㄴㅇㅈ 어디에 달았냐!

스윽 슥.

댓글을 넘기다가 마지막 댓글에서 멈춰 버렸다.

"…어떻게 알았지?"

신발에 달아 뒀는데.

요새는 눈치 빠른 인간들이 너무 많아서 무서울 지경이다.

발랄한 멘트를 보니 자신에게 악감정을 가지고 있는 거 같진 않으니 그나마 다행인가.

하기야 요즘은 지각할 때 빼고는 잘 안 신고 다니니.

"의심하고 있는 상태인 거 같군."

아무래도 조심해야겠다.

신서진이 등골이 오싹해지는 것을 애써 진정시키며 휴대전화를 덮을 때였다.

유민하가 불쑥 고개를 내밀었다.

마침 아이스크림을 사 먹기 위해서 학교 옆 편의점에 왔을 때였다.

하드 아이스크림을 두 개 집은 유민하는 하나를 신서진에게 내밀며 말을 뱉었다.

"너 기자님이 진짜 잘 써 주셨더라. 절해라."

"뭐냐, 예전에 너 인터뷰했던 기자님?"

"그럴걸."

유민하의 말에 최성훈이 끼어들었다.

최성훈은 호들갑을 떨며 신서진을 향해 감탄 섞인 말을 뱉었다.

"이야, 근데 완전 슈퍼스타 됐네. 기사 진짜 많이 떴던데."

"그런가."

사실 체감이 되지는 않았다.

지팡이의 금가루가 생각보다 빨리 차오르고 있다는 것 외에는 직접적인 무언가가 없었으니까.

아, 아예 없지는 않다.

"에이틴 아니야?"

"맞는 거 같은데?"

"와, 실물 대박. 싸인 받으러 가면 안 되냐."

"야, 야. 저 선배들도 바빠."

학교에서는 그나마 덜해도 밖에만 나오면 수군대는 말소리가 들려온다.

최성훈은 빤히 이쪽을 향하는 시선에 싱긋 웃어 보이더니 쪼르르 달려갔다.

"싸인 해 드릴까요?"

"꺄아아아! 실물이 더 잘생겼어요!"

"와아아악!"

나도 저래야 하나.

신서진은 머리를 긁적이며 그새 팬들과 사진을 찍고 있는 최성훈을 돌아보았다.

아폴론의 인싸 지침서에 수록될 법한 이상적인 인싸의 모습이었다.

아이스크림을 한 입 베어 물고 있던 유민하 역시 신서진의 옆

구리를 쿡쿡 찔렀다.

"우리도 갈까?"

어찌 되었건 자신을 따르는 감사한 추종자들이다. 처음에는 헛기침을 하며 버티고 서 있다가 못 이기는 척 다가갔다. 인사 한마디를 건넴과 동시에 환호성이 터져 나온다.

"안녕하세요, 신서진입니다."

"헐, 미친."

"와아아아악!"

이렇게까지 기대한 것은 아니었는데.

기쁨의 비명 소리를 들은 탓인지 사방에서 인파가 몰려들고 있다.

평상시엔 힐끗힐끗 돌아볼 뿐 눈치만 살피던 후배들까지도 우르르 따라온다.

"꺄아아아! 선배님, 드라마 또 안 나오세요?"

"라디오 나가 주면 안 돼요?"

"데뷔 안 해요?"

때문에 몰아치는 질문들 속에서 정신을 놓고 있을 때였다.

신서진은 제 이름을 부르는 목소리에 고개를 돌렸다.

"신서진 학생."

제자리에서 통통 뛰고 있는 여고생들 사이에서 전혀 어울리지 않는 목소리다.

세월을 조금 과다하게 맞은 듯한 걸걸한 목소리. 그 목소리에 어울리는 커다란 덩치의 남성이 양복을 입고 나타났다.

"음?"

유민하는 저도 모르게 침을 삼켰다. 학교 앞보단 뒷골목에서 나타날 듯한 얼굴인데.

무어라 받아치기도 전에, 남자가 씨익 입꼬리를 올리고선 말을 뱉었다.

"에어팝스 엔터의 김성만 팀장이라고 하는데."

"……."

"잠깐 시간 괜찮을까?"

친절해 보이는 듯한 말투와는 달리, 결코 부드러워 보이지 않는 인상이었다.

＊　　　　　＊　　　　　＊

연예계 사이에서 양아치 회사라는 소문이 자자한 에어팝스 엔터.

될성부른 신인들을 갈아 넣어 빠르게 성장하고 있었다.

뭐, 그것도 안목이라면 안목이다만 문제는 과정이었다.

에어팝스 엔터의 갑질에 재계약 시기를 앞두고 있는 연예인들은 하나둘씩 나가는 중이고, 그 적자를 채우고자 괜찮은 연습생들을 모아 남자 아이돌 그룹 론칭을 준비하고 있었다.

대표의 성격이 지랄 맞은 데다가 깡패 회사라는 뒷말이 돌긴 해도, 에어팝스 회사는 엄연히 규모가 있는 기획사다. 연습생이야 부족함 없이 충당되고 있지만 괜찮은 한 방이 없었다.

딱 띄울 만한 스타성이 있는 녀석.

그런 사람을 구해 와야 했다.

"이 친구 정도면 괜찮지 않습니까?"

김성만의 시선이 최근에 올라온 보이는 라디오 기사로 향했다.

아직 데뷔도 안 했는데 벌써부터 주르르 달리는 댓글. 당장 팬클럽을 만들어도 될 정도로 벌써부터 여론이 좋다.

하성필 대표는 에이틴 다섯 멤버를 훑어보고선 신서진을 손으로 짚었다.

화면에는 기타를 들고 날아올랐던 음악 배틀의 캡쳐본이 띄워져 있었다.

하성필 대표는 두 눈을 비비고선 다시 캡쳐본을 확인했다.

이 새끼, 진짜 난 건가?

"…또라이군."

"조금 그래 보이긴 하는데, 저 정도는 튀어야 연예인을 합니다."

"얼굴 괜찮네. 얘네 춤, 노래도 잘하는 거로 유명하다며."

"네, 그렇습니다."

연예계의 불독이라 불리는 하성필 대표. 우락부락한 인상에 생긴 것조차도 불독 그 자체지만, 무엇보다 성격이 그것에 더 가까웠다. 그는 가지고 싶은 것은 좀처럼 물고 놔주질 않았다.

탐나는 인재가 있다 해도 마찬가지였다.

아직 세상 물정 모르는 신인을 적당히 나쁘지 않은 조건에 잘 꼬드긴 후, 혹혹 갈아 넣는다.

계약기간이 끝날 때까지 갈고 또 갈다 보면 제법 쏠쏠한 수익을 가져다줄 테니.

거기서 성공하면 잭팟이 터진 거나 다름이 없는 거고.

그러한 마인드로 사업을 운영해 온 하성필 대표다.

적어도 회사의 수익에는 빨간불이 켜진 적이 없었다.

그런 예리한 시선에도 신서진은 쓸 만한 인재라고 여겨졌다.

김성만은 걸걸한 목소리로 말을 뱉었다.

"서을예고 데뷔 클래스 소속이라네요. 아직 SW 엔터 눈치 보느라 계약 제안하는 놈들은 없을 거 같은데. 사실 그게 뭐가 중요합니까. 타이밍이 중요하죠."

하성필 대표가 알려 줬던 경영 방침 그대로였다.

탐나는 게 있으면 뺏어 오면 된다. 상대가 누구라든 크게 상관없다.

그냥 미친 개 취급하면 그만이니.

"그래, 탁 빼 가는 거지."

SW 엔터라고 해서 벌벌 떨어 대지만 사실 그렇게 눈치 볼 필요도 없었다.

연예계 인맥은 하성필 대표도 만만치 않고, 에어팝스 엔터는 누구보다 빠르게 성장하고 있는 기획사 중 하나였다. SW 엔터가 한두 명 채 오는 걸로 뒤집어질 정도로 쪼잔한 회사도 아니고.

때문에 평판이야 안 좋지만 그의 선택은 늘 옳았다.

"행사든 뭐든 재능 있는 애니까 잘 돌리면 되겠구만."

"그렇죠?"

"사실 스케줄만 때려 박으면 뜨든 안 뜨든 어느 정도는 커버가 된단 말이야. 이 풋내기가 잘할지는 모르겠지만."

"부디 대표님 기대 이상이 되었으면 좋겠습니다."

그새 플랜을 머릿속에서 다 짜 둔 하성필 대표는 확신 어린 눈빛으로 결재판에 무엇인가 써 내려갔다.

라이징 스타를 빼 오기 위한 그럴싸한 조건.

"엇?"

그 조건을 확인한 김성만은 두 눈을 크게 떴다.

"이 조건으로요?"

물론 이 경우는 다른 무명 가수나 데뷔도 못 한 연습생과는 다르게 처음부터 어느 정도 화제성을 모았다고는 해도.

데뷔도 안 한 학생에게 이 정도의 조건을 내건 것은 처음이었다.

'이건 무조건 혹하겠는데?'

하성필 대표는 비릿한 미소를 머금은 채 자신 넘치게 입을 열었다.

"이 정도 조건이면 자신 있겠지?"

"물론이죠. 이건……!"

김성만은 두말하지 않고 결론부터 내려놓았다.

하성필 대표가 좋아할 만한 답변이었다.

"반드시 묶어 놓겠습니다."

                    *   *   *

─라고 그렇게 자신만만하게 말했는데.

"우리랑 데뷔하지 않을래?"

"싫은데요."

엥?

김성만은 두 눈을 크게 뜨고선 제 귀를 의심했다.

'이렇게 바로 거절한다고?'

아, 맞다.

그것도 잠시, 그는 양복 주머니를 뒤적이고선 명함 한 장을 꺼냈다.

방금은 굉장히 이상해 보일 수 있었다. 웬 깡패같이 생긴 거구의 남자가 다짜고짜 찾아와서 데뷔를 논한다니. 저건 또 뭔 불량배야, 하고 지나갈 수 있는 부분이다.

다 이해한다.

그런데 왜.

"아, 싫은데요."

명함까지 내밀었는데도 답은 같았다.

오죽하면 옆에 선 유민하가 놀란 눈으로 되물을 정도였다.

"에어팝스? 여기 그래도 나름……."

김성만의 시선이 느껴졌는지 유민하는 신서진의 귀에 대고 작게 속삭였다.

'10대 기획사 안에는 드는 곳이야.'

물론 SW 엔터에 비빌 수준은 아니지만 조건 정도는 들어 보는 것도 나쁘지 않을 거라는 게 유민하의 생각이었다. 김성만은 유민하의 말에 격하게 공감하며 신서진에게 물었다.

"왜? 조건이 마음에 안 드나? 아니, 아직 보지도 않았잖아."

뒤적뒤적.

김성만은 다급히 신서진에게 조건이 적혀 있는 계약서부터 들이밀었다.

그렇게 호언장담을 하면서 여기까지 왔는데, 돌아가서 최성필 대표에게 깨지지 않으려면 최소한 한 번은 녀석을 설득시켜 놔야 했기 때문이었다.

하지만, 조건은…….

신서진에게 그저 숫자일 뿐이었다.

'뭐라는 거야.'

계약서를 긁적거리며 내려다본 신서진은 자신의 직감을 믿었다.

단순히 인상에서 보는 직감이 아닌, 신 특유의 직감.

그렇게 좋은 사람은 아니다.

"싫어요."

김성만은 미간을 찌푸렸다. 무슨 이미 데뷔한 유명 가수도 아니고, 이렇게 교복 입은 학생에게 단호하게 거절당해 보는 경험은 처음이다. 어디서 제대로 안 좋은 소문이라도 돌았나.

아니, 설령 그렇다 해도 저런 풋내기가 알 리가 없는데.

김성만은 악에 받친 목소리를 최대한 감추고선 물었다.

나름의 분노를 죽인다고는 했는데 결코 고운 목소리는 아니었다.

"왜?"

"이름이 구려요."

"뭐?"

그딴 이유로?

김성만은 두 눈을 끔뻑이며 입을 떡하니 벌렸다.

인생을 살면서 저런 갈잖은 이유로 거절하는 미친놈은 처음 봤다.

소란에 몰려든 학생들이 저들끼리 수군대고 있었다.

"에어팝스가 어때서?"

"버즈여야 했네……."

"아니, 뭐라는 거야."

"좀 구리긴 하다, 그치."

신서진은 그런 김성만을 향해 싱긋 웃으며 다시 못을 박았다.

"네, 좀 많이 구린 거 같습니다."

"허?"

"이름 말고도 그……."

신서진은 김성만의 가슴팍을 손가락으로 가리켰다.

"좀 썩었네요."

"뭐… 뭐?"

저 새끼가!

김성만은 부풀다 못해 금방이라도 터져 버릴 거 같은 얼굴로 신서진을 노려보았다.

그리고, 녀석은.

"헐, 자율 연습!"

후다다닥.

순식간에 자신을 농락하고선 사라져 버렸다.

*　　　　　*　　　　　*

에어팝스 엔터의 사무실.

형편없는 결과물에 고성이 오갔다.

하성필 대표는 주먹을 움켜쥐며 냅다 소리를 내질렀다.

"고작 그런 허접도 못 물어 와? 이제 막 뜨고 있을 때 채 가야지."

"너무 완강하게 거절해서 어쩔 수 없었습니다."

"시끄럽고. 왜 안 온대?"

김성만은 솔직한 대답을 해야 할지 말아야 할지 고민했다.

분명 입을 열었다가는 좋은 소리가 안 나올 거 같은데…….

김성만은 눈을 질끈 감고선 말을 던졌다.

"이름이 구리대요."

"…장난하냐?"

휘익. 쨍그랑.

하성필 대표가 던진 유리잔이 그대로 벽에 처박혀 박살 났다.

'미친.'

하마터면 유리잔에 맞을 뻔했던 김성만은 화들짝 놀라 옆으로 비켜섰다. 예고 없는 하성필 대표의 분노는 그가 감당할 수 있는 수준이 아니었다.

이러니 엔터계의 깡패 소리를 듣지.

뭐 실제로 깡패 출신이기도 했지만 말이다.

뭐, 그건 자신도 마찬가지. 여길 관둔다 해도 갈 데가 딱히 없었다.

'제길. 큰일 났네.'

하성필 대표의 살벌한 눈빛이 자신에게 꽂혔다.

첫 번째는 경고였고, 두 번째는 실전이다. 여기서도 헛소리를 내뱉었다가는 뼈도 못 추릴 게 뻔했다.

김성만은 헛기침을 하고선 가장 최근에 주워들었던 정보를 브리핑했다.

"그 녀석이 서울예고 데뷔 클래스라고 들었습니다."

"그래서."

"조만간 데뷔 클래스 기말 평가 있다는데, 거기서 협업할 기획사를 구한답니다."

서울예고의 데뷔 지원 시스템.

모든 학생을 SW 엔터를 통해 데뷔시킬 수는 없으니, 1년에 두 번. 데뷔 클래스의 기말 평가를 통해 협업하고 있는 기획사에게 캐스팅 기회를 준다.

겨우 서너 군데로 한정되어 있는 기회이지만 못 노릴 것도 없다.

어차피 경쟁자라 생각하는 3대 기획사는 그 안에 끼어들 수도 없을 테고, 그 아래 기획사 중에선 에어팝스 엔터도 밀리지 않을 수준이다. 잘 구슬려서 어떻게든 그 안에 들어가 봐야지.

김성만은 하성필 대표의 눈치를 살피며 입을 뗐다.

"진행할까요?"

이번에는 훨씬 관대한 반응이 나온다. 유리잔 옆에 있는 명패를 던지지 않은 것만 봐도 그랬다.

나름 관심 있는 소식이었는지 하성필 대표의 표정이 풀어졌다.

이거다.

김성만은 그 틈을 놓치지 않고 아부 섞인 말을 얹었다.

"저희가 또 그런 데 빠질 수 있겠습니까? 들어가야죠, 그 녀석만 있는 게 아니라 괜찮은 놈들 다 거기에 있을 건데."

"그렇긴 하지."

"다들 들어오고 싶어서 환장할걸요. 그러면 책임지고 진행해 보겠습니다."

"오케이."

하성필 대표는 만족스러운 듯 옷매무새를 정리하며 의자를 뒤로 젖혔다.

"이번엔 확실히 꽂아 봐."

*   *   *

학생들의 거친 숨소리만 들려오는 데뷔 클래스의 연습실.

이따금 쉬는 시간을 제외하고 누구도 쉽사리 입을 열지 않았다. 겉으로 보기에는 고요해 보이지만 그 내막은 그렇지 않다.

쉼 없이 서로를 견제하고, 실력을 체크하고, 이따금 정치질마저 이뤄지는 전쟁터.

이 중 모두가 SW 엔터를 통해 데뷔할 수 있는 것은 아니다.

경쟁과 경쟁 속에 싸워서 살아남은 자만이 데뷔할 수 있다.

그렇기에 기말 평가를 앞두고 있는 데뷔 클래스의 분위기는 완전 살얼음판이었다.

매달 있는 월말 평가보다 몇 배로 중요하다는 데뷔 클래스의 기말 평가.

날고 기는 10명을 모아 놓고 경쟁시키는 것이니 그럴 만도 했다.

유민하가 물병을 들고 와선 말을 걸어왔다.

"이번 기말 평가에 기획사에서 단체로 보러 오는 거 들었어?"

"허억… 헉, 들은 거 같은데."

이유승이 땀이 비 오는 듯 쏟아지는 이마를 수건으로 닦고선 유민하 옆에 따라 섰다.

말도 거의 못 붙이게 하는 이 무서운 데뷔 클래스 애들 사이에 그나마 숨통을 트이게 해 주는 것이 이 두 녀석들이다.

신서진은 고개를 젓고선 되물었다.

"기획사에서? 어디가 오는데?"

"그건 못 들었는데, 원래 평가도 하면서 캐스팅도 겸사겸사하거든. 기말 평가 끝나고 데뷔하는 애들이 그래서 많잖아."

기획사에 들어간다고 해도 바로 데뷔할 수 있는 게 아니다.

짧게는 1, 2년. 길게는 10년 가까이 희망 고문을 당하다가 데뷔의 문턱 앞에서 수없이 미끄러지는 것이라 들었다.

하지만, 데뷔 클래스에서의 데뷔 제안은 조금 달랐다.

이미 데뷔조가 정해진 상태에서, 히든 카드 한 명을 추가로 영입하려 들 때.

혹은 당장 데뷔 멤버가 부족한 상태일 때.

보통 확고한 목적을 가지고 기획사에서 찾아오는 경우가 대부분이다.

실제로 캐스팅 당시에 1년 안에 데뷔시켜 준다는, 이 업계에선 상상도 못 하는 파격적인 조건으로 영입해 가는 경우가 많았다.

서울예고 데뷔 클래스 정도면 그 정도 대우는 받아야지.

유민하는 낮게 읊조리며 두 눈을 반짝였다.

그때였다.

저벅저벅.

신서진은 예상치 못한 얼굴에 놀란 눈으로 자리에 멈춰 섰다.

서울예고의 학생회장, 남이준.

단 한 번도 크게 말을 섞은 적이 없던 그가, 웬일로 제 발로 걸어왔기 때문이었다.

"여기 있었네, 신서진."

난데없이 왜 그러는 거지?

'제발 선배 상대로 싸우지 마라.'

숱하게 신서진에게 당부해 왔던 유민하의 시선이 빤히 닿았다.

데뷔 클래스에서 조용히 버티다가 데뷔를 할 생각이다. 신서 진 역시 오늘은 그녀의 생각에 동조할 예정이었다.

싸우지 말자.

좋게좋게 넘어가자.

그런데, 어째 그게 안 될 것 같다.

"따라와. 할 말 있으니까."

남이준이 차갑게 식은 얼굴로 신서진을 응시했다.

Chapter. 2

'감정적 동요를 잘 캐치해 봐. 그게 녀석의 빈틈이니까.'

신이라고 완벽하지 않다. 신 역시 감정 앞에서 크게 동요하고 때론 멍청한 선택을 한다.

따라서 신을 이기기 위해서는 그 멍청한 선택을 종용하는 것.

나아가 미리 알고 노리는 것이 중요하다.

남이준도 그 말에는 격하게 공감했지만 그 빈틈을 본인이 알아내야 한다면 사뭇 얘기는 달라진다.

한 대 얻어맞은 이후로, 신서진에겐 다가가기조차 꺼려졌다.

이전의 신서진은 신을 추종하는 한심한 후배, 그저 그뿐이었지만, 지금은 아니다.

상대가 신이라고 생각하니 입 안이 바짝바짝 말라 왔다.

하지만, 언제까지고 물러설 순 없었다.

'분발해. 허튼 생각하면 너라도 살려 두진 않을거니까.'

지난 주, 자신을 쏘아보던 그 눈빛은 분명 살기를 품고 있었다.

어차피 배다른 형일 뿐. 남이준은 거슬리면 죽이겠다는 형의 말이 거짓이라고 생각하지 않았다.

그러니 오늘은 신서진의 정체를 반드시 알아내야 했다.

"내가 누군지는 익히 들었을 테고."

"학생회장이요?"

"강현이가 네 얘기를 많이 하길래, 이름은 알고 있었어."

"…좋은 쪽으로 듣지는 않았겠네요."

쓸데없이 자기 객관화가 잘된 신서진의 답변에 남이준은 할 말을 잃었다.

그것도 잠시, 남이준은 신서진의 말에 수긍했다.

"뭐, 맞는 말이야. 내가 너를 별로 달갑게 생각하진 않는 편이니까."

"……."

"하지만, 이 바닥은 선후배가 중요하거든."

"네."

"너는 싹이 보이는 녀석이야. 나는 그런 녀석들에게 관심이 많은 편이고. 이제 같은 데뷔 클래스에도 들어왔잖아?"

"예, 맞습니다."

"그런고로, 잘 부탁한다는 소리야."

이렇게만 들으면 선배의 훈훈한 덕담 같다.

남이준은 손을 뻗어 신서진의 어깨를 천천히 토닥였다.

사람의 손길 자체를 불쾌해하진 않는지, 신서진은 미동도 없이 남이준을 바라보았다.

그 눈빛이 평범한 인간의 것이 아니라는 걸 알고 있는 남이준은 잠시 흠칫했으나, 크게 주눅이 들진 않았다. 적어도 해야 할 일을 다 했다는 사실에 안도감이 밀려왔다.

"그럼 가 봐라."

남이준은 태연하게 신서진을 보내며 말했다.

＊　　　　＊　　　　＊

스윽.

남이준은 옷소매 사이에서 검은 카드 한 장을 꺼냈다.

지난번엔 신서진이 제 손을 낚아채는 바람에 실패했으나, 이번엔 어깨를 토닥이는 척 카드를 슬쩍 갖다 대었고, 들키지 않고 신서진에게 카드를 접촉시킬 수 있었다.

이것은 신성력을 감지해 문양으로써 상대의 정체를 표지해 주는 카드였다. 힘들게 구해 온 물건이니 그만큼 성능은 확실하다.

고로, 이것만 있으면 사사건건 거슬렸던 신서진의 정체를 알 수 있다는 소리였다.

"제발."

잘 먹혔어야 하는데…….

남이준은 몸을 젖히며 카드를 살짝 뒤집었다.

그리고.

검은 카드 위로 날개 달린 신발이 반짝이며 모습을 드러내었다.

그것을 천천히 손으로 쓸어내린 남이준은 저도 모르게 인상을 찌푸렸다.

음?

예상치 못한 그림이었다.

"전령의 신… 헤르메스?"

저 새끼가?

남이준은 기겁하며 신서진이 떠난 자리를 눈으로 좇았다.

*   *   *

다음 날, 데뷔 클래스.

기말 평가 직전의 데뷔 클래스는 여전히 살벌했으며, 세 사람
은 일찌감치 연습실에서 대기하고 있었다.

이번 데뷔 클래스의 기말 평가 주제가 작곡이라는 소문이 돌
았기 때문에, 유민하는 평상시보다 잔뜩 긴장해 있었다.

여기서 작곡이 주력인 사람은 없다.

어느 정도의 편곡 실력은 갖추고 있으나, 그래 봤자 어깨너머
로 배운 수준.

이다영 정도의 편곡과 작곡 능력을 갖추지 못했기에 불안할
수밖에 없었다.

그리고, 오늘이 그 대망의 작곡 수업 날이다.

"특별 초청으로 오신 분이 가르친다던데?"

"누구셔?"

"그건 잘 모르겠는데, 되게 유명하신 분이래. 이번 기말 평가
도 그분이 직접 평가하시고."

"미친……. 수업 잘 들어야겠는데."

곳곳에서 투지가 불타오르는 와중에, 신서진은 태연히 제자리에 앉아서 작곡 노트를 펼쳤다.

이다영이 알려 줬던 코드와 작곡의 진행 방식을 듣는 족족 메모해 두었던 노트였다.

"이게 그때 배웠던 머니 코드고……. 여기도 코드 진행을 이렇게 쓰는 게 훨씬 더 자연스러우니깐……."

신서진이 중얼거리며 노트를 한 번씩 쭉 훑고 있던 그때였다.

"안녕하세요!"

데뷔 클래스 학생들이 긴장한 얼굴로 자리에서 벌떡 일어났다.

짙은 갈색의 뿔테 안경에 멀끔한 인상의 남자가 문을 열고 들어왔기 때문이었다.

그의 얼굴을 단번에 알아본 학생 몇몇이 탄성을 터뜨렸다.

"저분… 그 방송에 나왔던 분 아니야?"

유민하 역시 남자를 알아봤다. 각종 방송 출연은 물론이고, 듣는 족족 아— 소리가 절로 나올 법한 여러 히트곡의 작곡가. 정기태 선생이 태연하게 연습실 중앙에 섰다.

서울예고의 섭외력이 놀라울 정도였다.

이렇게 유명한 작곡가에게 직접 수업을 들을 수 있다니. 잔뜩 흥분한 듯 달아오른 얼굴들이 보였다.

정기태 선생은 별말 없이 학생들을 천천히 훑었다.

명문 예고인 이곳에서도 극상위권에 속하는 데뷔 클래스 학생들.

데뷔를 앞두고 있는 너석들도 있었기에, 큰 기대감을 안고 이곳을 찾았다.

부디 이 학생들이 그 기대를 꺾지 않길 바랄 뿐이었다.

"정기태라고 한다."

이번 데뷔 클래스 기말 평가의 담당이자, 심사 위원.

애초에 그런 위치로 이 학교를 찾았으니, 자신의 한마디 한마디에 학생들이 집중하고 있는 것도 이상한 일이 아니다.

정기태 선생은 부담스러운 시선을 느끼며 입을 떼었다.

"이번 기말 평가는 자작곡으로 진행된다던데, 맞나?"

"넵!"

"저도 그렇게 들었습니다."

2, 3학년 학생들밖에 없으니 전문적이지는 않아도 작곡은 어느 정도 배워 놨겠지.

정기태 선생은 고개를 끄덕이며 말을 이었다.

"뭐, 대단하게 말할 건 없을 것 같고. 나는 너네가 쓴 곡 위주로만 평가할 생각이다."

춤과 보컬은 다른 선생들이 보겠거니 했다.

하지만, 결과적으로 보면 영 다른 소리도 아니다.

"근데 보통은 무대를 잘 짜는 애들이 곡도 잘 쓰더라고. 통일성. 어떤 컨셉을 잡고 무대를 꾸밀 건지, 잘 구상하면서 작곡하는 게 도움이 될 거다."

정기태 선생은 차가워 보이면서도 제법 섬세하게 몇 가지 조언을 더 이어 나갔다.

대중음악 히트 작곡가로서 그가 직접 체득해 온 것들이 대부분이었다.

어디서도 들을 수 없는 값진 조언이었기에, 앞자리에 앉은 학생들은 두 눈이 불타고 있었다.

신서진 역시 작곡 노트에 필요해 보이는 조언들을 적었다.

그렇게 약 10분.

짧게 말을 늘어놓은 정기태 선생은 짝, 손뼉을 쳤다.

오늘은 정식 수업보다도 전해야 하는 얘기가 따로 있었다.

바로 이 시점에서 학생들이 가장 궁금해할 기말 평가에 대한 소식이었다.

"어떤 방식으로 진행되는지 아직 못 들었다고 했지?"

자작곡으로 진행되는 기말 평가라는 것 외에, 모두가 전해 들은 바가 없다.

하지만, 진짜 중요한 소식은 따로 있었다.

"이번에는 개인 평가가 아니라고 들었다."

"…네?"

"팀이에요?"

데뷔 클래스의 기말 평가는 보통 개인 평가로 진행되었기 때문에 퍽 이례적인 일이었다.

날고 기는 애들만 모아 둔 데뷔 클래스다 보니, 실력 면에서 크게 뒤처지는 사람은 없었다.

그러면 조별 평가도 수월하지 않겠냐고?

유감스럽게도 오히려 제 잘난 맛에 취해서 의견을 굽히지 않다가 자멸하는 경우도 많았다.

어차피 솔로 가수로 데뷔하지 않는 이상, 팀 활동은 필연적이다.

서로의 의견을 조율하고 피드백을 받는 과정 또한 무대를 만

들어 가는 일이다.

하지만, 예상치 못한 진행 방식은 여기서 끝나지 않았다.

"평가는 2인으로, 데뷔 클래스 학생이 아닌 실음과 학생 한 명을 무대에 같이 세우면 된다."

웅성웅성.

정기태 선생의 한마디에 연습실이 술렁이기 시작했다.

"그냥 일반 학생들을요?"

"여기서 조 짜는 게 아니라?"

여기서 조별 평가를 해도 머리가 복잡해질 지경인데, 아예 다른 학생과 함께 무대를 꾸미라니. 괜히 파트너가 물을 흐릴까 봐 걱정하는 학생들의 표정이 굳어 갔다.

그러나, 정기태 선생은 크게 문제 될 거 없다는 듯이 담담하게 말을 뱉었다.

"선택권이 너네한테 있는데 뭐가 걱정이야? 각자 반에 친구 한 명씩은 있을 거 아니야."

그나마 다행인 건 랜덤 배정은 아니라는 정도일까.

"네엡……."

설명은 충분했지?

"오늘 전달 사항은 여기까지다."

거기까지 설명을 마친 정기태 선생은 악보를 챙겨 들고 뒤로 돌아섰다.

"잘 골라 봐. 안목도 재능이야."

*   *   *

데뷔 클래스는 방과후 저녁 시간에 진행되기 때문에 출출한 배를 달래고자 석식을 먹으러 왔다.

식판에 듬뿍 밥을 담아 온 신서진이 두 눈을 반짝이며 유민하의 얘기를 들었다.

"다들 파트너 어쩔 거야? 생각해 둔 사람 있어?"

"데뷔 클래스 기말 평가 말하는 거지? 으음……."

그들은 이번 기말 평가 파트너 선정에 대해 토론하고 있었다.

기획사 대표들 앞에서 무대를 선보일 수 있는 몇 안 되는 기회. 따로 성적에 들어가는 것은 아니지만 모든 일반과 학생들이 탐낼 만한 무대였다.

잘하면 또 누가 아냐, 데뷔 클래스에 들어가게 될지도?

하고 싶다는 사람이야 줄을 설 테니 누구랑 할지가 중요했다.

정기태 선생의 말대로 안목도 재능이다.

유민하는 휴대전화를 힐끗 확인하고선 말했다.

"나는 일단 정했어."

"누구?"

"허강민 알지?"

"…누구냐."

"우리 반 반장."

"아, 그때 걔?"

아직까지 반장의 이름이 익숙지 않다.

이유승이 한숨을 내쉬며 신서진을 돌아보았다.

"인간적으로 반장은 좀 기억해라."

"그럴 수도 있지. 됐고, 너는 누구랑 할지 정했냐?"

"나야, 다영이지. 걔만큼 작곡 잘하는 애가 어딨어. 다른 평가도 아니고 자작곡 평가잖냐……. 나는 작곡에는 자신이 없다? 이다영을 믿는 수밖에 없어."

이유승은 작곡이 되는 이다영을 택한 모양이었다.

신서진은 머리를 긁적이며 고민에 빠졌다.

"뭘 어떻게 뽑아야 하나……."

중요한 문제니까 막 정할 수도 없고.

생각해 보니 이거, 파트너 짜는 게 쉽지 않다.

그때였다.

신서진의 시야에 휴대전화를 붙들고 있는 유민하가 들어왔다.

우물우물.

유민하는 오징어튀김을 먹으면서도 휴대전화를 도통 내려놓질 않았다.

보다 못한 이유승이 미간을 찌푸리며 타박을 던졌다.

"야, 밥 먹을 땐 밥이나 먹어. 허구한 날 핸드폰만 쳐다보고 있으니까 코로 들어가는지 입으로 들어가는지도 모르고, 살찌는 거 아니냐."

"…죽을래?"

"뭐 보는데?"

"아, 진짜 중요한 거거든? 데뷔하는지 안 하는지 봐야 하니까 그렇지. 오늘이 막방이야."

"막방? 그게 뭔데?"

빼꼼. 신서진은 고개를 쑤욱 들이밀고선 유민하의 폰 화면을 확인했다.

서울예고 교복처럼 깔끔하게 생긴 교복 의상을 단체로 맞춰 입은 채 춤을 추고 있는 또래의 남자애들이 눈에 들어왔다.

쟤들도 연습생인가?

아니면 학생?

신서진의 의아한 눈빛에 유민하가 혀를 차며 답했다.

"프로듀싱 101이라고, 연습생들 뽑아서 데뷔시키는 프로잖아. 너… 는 티비 안 보니까 그렇다 쳐도 이런 건 알아야지. 요새 얼마나 핫한데."

프로듀싱 101이라……

신서진의 머릿속에서 근사한 생각이 스쳐 갔다.

'신관을 저렇게 뽑았었는데.'

"아!"

생각났다.

기말 평가 파트너를 정할 방법이.

*   *   *

스윽 슥.

신서신은 분필로 과감하게 글씨를 씨 내려갔다.

칠판 중앙에 거대한 존재감을 드러내는 글귀.

저들끼리 신나게 떠들고 있던 A반 친구들은 의아한 낯빛으로 고개를 돌렸다.

신서진 파트너 대전
부제: 서진듀스 101

"저, 저게 뭐야?"

"기말 평가 데뷔 클래스, 그 얘기 아니야?"

"뭐, 그걸 저렇게 모집해? 미쳤냐."

"무슨 자신감이야, 대체."

"미친, 진짜 신박하게 미친 놈이네. 저거."

신서진은 뿌듯한 표정으로 큼지막하게 써 놓은 글씨를 돌아보았다.

그의 앞에는 미리 인쇄해 둔 접수 용지가 수북하게 쌓여 있었다.

별 미친놈 다 본다는 듯 자신을 보고 있는 스무 명 남짓의 학생들.

얼핏 보기에는 절대 안 나갈 듯 결연해 보이지만······.

신서진은 거기에서 다른 의미를 읽었다.

응, 다 알아.

어차피 나올 거잖아?

표정만 봐도 알 수 있다.

'설마, 나 말고 나가는 애 없겠지.'

'하, 이 새끼들 무슨 생각이지. 안 나간다면서 다 나가는 거

아니야?'

저마다의 눈치 싸움.

다들 눈이 굴러가는 소리가 여기까지 들린다.

신관을 이렇게 뽑아 봐서 아는데, 이건 그냥 넘어가기엔 너무 끌리는 기회일 것이다.

그렇다면, 잡아라.

탁.

교탁을 세게 친 신서진은 주의가 최대로 집중되었을 타이밍에 입을 뗐다.

"자, 그러면 접수… 시작!"

우렁찬 신서진의 목소리가 떨어짐과 동시에.

"야, 이거 대체 누가 나가… 비켜! 비키라고!"

"와아아아악!"

"내가 먼저 쓴다고오오!"

우당탕탕.

단체로 몰려와 참가 번호를 받기 시작했다.

*　　　　*　　　　*

서울예고 실용음악과 A반에는 뜻밖의 진풍경이 펼쳐졌다.

다른 반 학생들은 느닷없는 난장판을 보기 위해 창문틀에 매달리고 난리가 났다.

"뭐야, 지금 무슨 오디션이야?"

"동아리 들어가는 거야?"

"신서진 파트너… 뽑는 거래."

"뭐어어?"

"기말 평가 파트너를 누가 저런 식으로 뽑아?"

"그야 신서진이니까. 걔는 그럴 수 있지. 미친놈이잖아."

수군수군.

다들 말은 그렇게 해도 두 눈을 반짝이며 진행 상황을 지켜보고 있었다.

사실상 거의 절반에 가까운 A반 학생들이 참여한 일명 신서진 파트너 대전.

다른 반 학생들은 참가 기회조차 없었다는 것에 아쉬움을 토로했다.

"참가 번호 1번, 서대형입니다!"

익숙한 얼굴이 입을 열었다.

이전에 무슨 학원을 다녀서 그렇게 실력이 느는 거냐고 신서진을 귀찮게 굴었던 그 빨간 머리였다.

껄렁껄렁한 다리를 달달 떨어 대며 서대형은 자리에 앉았다.

신서진은 고개를 까닥이며 건방진 녀석을 빤히 바라보았다.

어깨를 으쓱이며 제 자랑을 시작하는 서대형.

"원래 조별 평가에도 비주얼 담당은 필요하잖아? 나는 일단 잘생겼거든. 뭐, 말할 것도 딱 얼굴 보면 알겠지만……."

"존댓말로."

"아, 새끼. 까다롭네."

"너 탈락."

그리고 다음.

"저는 작곡을 잘합니다. 작곡가인 아버지와 작사가인 어머니 사이에서 태어나……."

"괜찮아. 작곡은 내가 더 잘해."

"아, 저런. 그런데 또 제가 노래를 잘합니다. 혜화동 소재 보컬 학원에서 12년간 1타 강사의 강습을 받아 왔고……."

"노래도 내가 더 잘해."

"에잇. 안 할래."

그렇게 몇 명이 지나쳐 갔을까.

빤히 실력을 다 아는데 거짓말로 제 능력을 부풀리는 녀석부터 다짜고짜 한 번만 같이하자고 졸라 대는 녀석들까지. 그중엔 신서진을 누구보다 무시하고 까 내렸던 애들도 많았다.

작곡도, 보컬도, 춤도.

딱히 자신의 단점을 채워 줄 만한 파트너가 보이질 않는다.

쓸 만한 애들이 별로 없다고 생각하고 있던 순간.

끼이익.

반가운 얼굴이 의자를 당겨 앉았다.

"참가 번호 9번 최성훈입니다!"

햄스터처럼 생긴 커다란 눈망울을 굴리고선 난데없이 두 손을 모으는 최성훈.

신서진은 두 눈을 끔뻑이며 그런 최성훈을 빤히 응시했다.

"제 장점은 성격이고요."

"흠?"

"무엇이든 맞춰 주는 넓은 바다와 같은 마음이랄까."

그 성깔 더러운 유민하에게도 다 맞춰 주는 걸 보면 틀린 말은 아니다.

최성훈은 신서진의 눈치를 살피며 말을 덧붙였다.

어차피 능력만으로는 A반 다른 친구들을 이기기 쉽지 않다.

입이라도 잘 털어야지. 그다음엔 의리를 믿어 봐야 했고.

"무엇보다 저는 붙기 위해서 저 뒤에서부터 신에게 빌었단 말이죠."

"신한테까지?"

신서진은 두 눈을 반짝이며 최성훈의 말에 귀를 기울였다.

아까부터 두 손을 모으고 있던 게 그러면······.

"하, 하느님, 부처님, 알라신님. 그리고 세상에 존재하는 모든 신님. 제발 붙게 해 주세요······. 봤지, 내 진심?"

다 좋은데.

신서진은 머리를 긁적이며 툴툴댔다.

"내가 좋아하는 신이 없어서 언짢은데."

"그게 누군데?"

"헤르메스."

"걔 또 뭐 하는 애냐, 사이비야?"

"너 탈락."

"왜··· 왜왜! 아니, 오늘부터 믿어 보겠습니다. 그 에르메스? 생각해 보니 거, 되게 유명한 사람이었네. 나 그 브랜드 좋아해. 나중에 지갑도 사 줄게. 나 돈 많다?"

혹시나 했는데 역시나.

더 괜찮은 놈도 없었다.

이럴 거였으면 공개적으로 뽑을 필요도 없었나.

신서진은 피식 웃으며 도장을 찍었다.

"오케이, 합격."

"이… 이게 왜 합격? 어… 어… 나 합격했다!"

＊　　　　＊　　　　＊

최성훈의 말이 맞았다.

녀석은 역시 시키는 대로 잘했다.

수긍도 빨랐고, 자기주장이 강하지도 않았다. 자존심 강한 A반 학생들이라면 저들끼리 부딪힐 만도 한데 최성훈과는 의견 충돌 자체가 없었다.

앞에 나설 만한 센터는 아니지만 은은하게 뒤를 비추는 조력자에 가깝다고 해야 할까.

더 놀라운 것은 A반에 와서 실력이 비약적으로 늘었다는 사실이었다.

C반에서 쭈뼛거리며 노래하던 최성훈은 사라져 버린 지 오래였다.

화음과 함께 한 소절 합을 맞춘 신서진은 지난 축제 때보다 훌쩍 는 실력에 사뭇 놀랐다.

"괜찮았는데 방금 화음?"

"내가 목소리가 낮으니까 저음 파트 맡을게."

"그렇게 하면 되겠네."

신서진은 미리 녹음해 둔 데모 음원을 꺼내 놓았다.

최성훈이 보컬 연습에 온 힘을 쏟는 동안, 꼬박 이틀 밤을 새워서 만들어 놓은 자작곡이었다.

올림포스에서도 한국의 유명곡들을 좀 듣고 오긴 했었지만 아직 K—POP 지식이 부족한 신서진에겐 여전히 편곡보다 자작곡이 어렵게 느껴졌다.

때문에 심사 위원인 정기태 선생의 히트곡들을 쭈욱 분석하는 데 하루, 영감을 떠올리는 데 반나절. 작곡에 나머지 반나절이 소요됐다.

신서진은 휴대전화를 올려놓고선 말을 이었다.

"컨셉에 대해 많이 고민했었잖아."

"장르적으로도 고민했었지."

그동안 에이틴이라는 팀으로 선보였던 노래들은 밴드곡의 성향에 가까웠다.

이번 기말 평가까지 같은 스타일의 곡을 끌고 오면 이미지가 굳어질 가능성이 있었다.

"펑크한 스타일 시도해 봤고, 밴드 시도해 봤고, 파워풀한 것도 해 봤으니까."

"날씨도 더운데 청량을 해 보겠다, 라고 네가 말했었잖아."

"임팩트가 약한 게 걱정이긴 해."

최성훈은 마른침을 삼키며 턱을 괴었다. 하지만, 그 점에서는 자신 있었다.

신서진은 싱긋 웃으며 최성훈에게 이어폰을 넘겼다.

"그건 어떻게 만드냐의 나름인 거지."

"뭐야, 아주 자신만만하네 신서진. 내가 믿고 들어도 되는 거지?"

최성훈은 이어폰을 귀에 꽂고서 두 눈을 감았다.

쾅.

파워풀한 드럼 소리와 함께 시작되는 도입부 벌스.

신나는 리듬 위로 청량한 랩이 얹어졌다. 힙합 댄스곡의 느낌이 물씬 나는 신시사이저음에 시원시원하게 이어지는 하이라이트 파트.

그 짧은 시간에 만들어 온 곡이라는 게 믿기지 않을 정도로 좋은 퀄리티에 최성훈은 저도 모르게 눈을 번쩍 떴다.

'뭐지?'

앞서 의논했던 대로 청량의 느낌을 살리면서도 밋밋하지 않도록 드럼 사운드를 아래에 깔았다. 시원시원한 노래를 바탕으로 중간중간 들어간 랩이 감초처럼 끼어들어 입에 착착 감기는 느낌이었다.

노래를 들었을 뿐인데 벌써부터 무대가 눈앞에 그려진다.

이런 무대에 설 수 있는 것은 복이다.

친구를 잘 둔 덕분이라고 해야 하나.

최성훈의 입가에 줄곧 미소가 걸렸다. 빈말이 아닌 진심으로 노래가 너무 좋았기 때문이었다.

황홀한 심정으로 4분 남짓의 노래를 전부 들은 최성훈은 탄성을 터뜨리며 이어폰을 내려놓았다.

"이야, 찢었다."

"너 늘 그 소리 하잖아."

"우리는 늘 찢었었잖아. 아니었던 적 있냐?"

"맞네."

신서진은 피식 웃으며 최성훈을 향해 하이 파이브를 했다.

짝.

스스로가 생각해도 수련의 결과가 충분했던 결과물이었다.

그간의 편곡과 자작곡들도 훌륭한 것은 매한가지였지만 이유승과 이다영의 도움도 없이 순전히 혼자만의 힘으로 만들어 낸 곡 중에선 이게 가장 잘 뽑혔다.

"기태 쌤도 좋아서 죽을걸. 벌써부터 따악 보인다, 미래가!"

최성훈은 호들갑을 떨며 깔깔대다 이내 정신을 차렸다.

노래야 완벽하고, 보컬 합도 어디 가서 밀리질 않고.

여기까지 보면 이미 모든 준비는 끝난 거나 마찬가지인데, 생각해 보니 빼놓은 것이 있었다.

"우리 안무."

"……!"

"미친, 어떻게 하지?"

댄스곡이니 안무를 어떻게 짜느냐도 중요한 요소라고 볼 수 있었다. 난타 공연처럼 악기로 때울 것도 아니고, 처음부터 끝까지 무대를 춤으로 채워야 할 입장이다.

에이틴에서 안무 담당은 이유승이나 다름없었기에 따로 안무를 짜 본 적은 없었지만.

최성훈은 결연한 얼굴로 이를 악물었다.

'이건 내가 해야지.'

과분할 정도로 감사한 곡을 받았다.

과분할 정도로 감사한 기회를 얻었고.

여기까지 바라면 도둑놈 심보나 다름없다고 생각하는 최성훈이었다.

이렇게 중요한 무대에 서게 될 안무를 제 선에서 책임져야 한 다는 것이 엄청난 부담감으로 다가왔지만 해야 했다.

"내가 한번 짜 볼게."

"네가? 해 본 적 없지 않아?"

"작년 수행평가 때 한 번 정도, 다 같이 짜긴 했지만 그래도 나 춤 전공이잖아."

어차피 신서진은 안무 창작엔 일가견이 없다.

최성훈은 애써 태연한 얼굴로 웃어 보였다.

"야, 믿어 봐, 이 형님이 근사한 걸로 하나 뽑아 온다."

                    *   *   *

'노래가 밋밋하다고 느껴지는 이유는 높은 확률로 호흡을 제대로 못 써서다.'

'일단 노래를 들어. 그다음에 어느 파트에서 호흡을 뱉었는지 체크하는 거야. 너네는 가수 지망생이지, 가수가 아니다. 모르면 배워야지, 프로에게서.'

스읍.

이렇게 하는 거 맞는 건가?

신서진은 주영준 선생의 가르침을 머릿속에서 떠올리며 호흡을 체크했다.

악보에 표시도 해 보고 따라서 숨도 뱉어 봤다.

확실히 아까보다 호소력이 늘어난 기분이다.

감정도 더 잘 느껴지는 거 같고.

"괜찮은데?"

전직 음악의 신. 솔직히 말해서 음악적 재능은 타고난 것이나 다름없었다.

그럼에도 배워야 할 것이 많았다.

그저 'Feel' 이라는 이름으로 노래를 흥얼거렸던 과거와 달리 지금은 음악을 분석하고 발전시키고 관객들에게 전달해야 하니까.

그 과정에서 내가 즐겨야 하는 것은 물론이지만, 남도 즐길 수 있게 해야 했다.

주영준 선생의 가르침은 역시나 옳다.

촤르륵.

신서진은 빠르게 다음 장으로 넘어갔다.

"아, 이것도 수업 시간에 배웠었는데?"

개인적으로 가장 자신 있는 전달력 파트.

'힘을 실어야 하거든. 노래 부를 때 성량이 괜히 중요한 게 아니야. 5미터 떨어진 곳에서 친구 부를 때 어떻게 부를 거라고 생각해? 딱 그 느낌으로 살려 보는 거야.'

5미터 떨어진 상대도 또렷이 들을 수 있도록.

목소리에 힘과 감정을 실어 부르는 것.

신서진은 기본 발성에 맞춰 음을 하나씩 짚어 나갔다.

"아아아아아—아아아아아—"

오늘따라 성량이 탁 트였는데?

연습할 때보다 좋아진 전달력에 스스로 감탄하고 있을 때였다.

뚜르르ー.

미리 설정해 뒀던 알람 소리가 울려 퍼졌다.

"아, 슬슬 가야지."

시계를 돌아보니 어느덧 두 시다.

아무리 자율 연습이라지만 이 시간까지 연습실에서 연습하는 놈도 없을 터였다.

신서진은 피식 웃으며 자리에서 몸을 일으켰다.

가만 보면 올림포스에 있을 때보다 더 바쁜 기분인데.

어윽.

기지개를 켜고선 복도를 나왔다.

시간이 새벽이니만큼 말소리 하나도 안 들리는 고요한 복도.

문을 열고 나가자마자 어둠이 그를 집어삼켰… 어야 했다.

"응?"

그런데 웬일인지 바로 옆옆 방 불이 환하게 켜져 있다.

신서진은 당황한 기색으로 중얼거렸다.

자신은 신이라 유독 피로를 거의 안 느끼는 편이라 쳐도, 대체 이 시간까지 누가……

신서진은 발소리가 나지 않게 천천히 발을 내디뎠다.

새벽 두 시가 되었는데도 혼자서 씨름하고 있는, 아마도 같은 학년의 학생.

"누구지?"

발뒤꿈치를 들어 창문 너머로 불빛의 정체를 확인한 순간.

"어… 어?"

신서진은 저도 모르게 두 눈을 크게 뜨고 말았다.

*　　　　　*　　　　　*

어느새 종이가 수북이 쌓였다. 안무 시안을 대체 몇 번이나 고친 건지 이젠 기억조차 나지 않았다.

최성훈은 머리를 싸맨 채 한숨을 쉬었다.

"왜 이게 안 되지?"

전체적인 그림은 그렸지만 뭔가 2프로 부족한 느낌이다.

보컬부터 춤, 작곡까지 100프로 완벽한 신서진의 앞에선 차마 내놓지 못할 부끄러운 결과물.

최성훈은 자신의 역량이 부족하다고 판단했다.

C반에서 간신히 올라와 A반에서 근근이 살아남고 있긴 했지만 에이틴이 없었다면 불가능한 일이었을 거라 생각했다.

충분히 빠른 속도로 성장하고 있지만, 원래 본인은 그런 걸 객관적으로 보지 못하는 법이다.

최성훈은 신경질적으로 안무 시안을 구겨 저 멀리 던졌다.

스윽 슥.

다시 펜을 잡고 머릿속의 동선을 잡아 나갔다.

겨우 두 명뿐인 무대. 인원수가 부족한 만큼 무대를 채우려면 배로 머리를 굴려야 했다.

보다 효율적인 동선, 아름다운 그림. 직관적인 안무.

"이것도 아니야."

툭.

"하, 이건 진짜 아닌데."

신서진의 곡은 완벽했다. 지금 당장 다듬어서 음원으로 내도 모자람이 없을 수준이었다.

하지만, 이 안무 시안은……. 무대에 올리기엔 너무도 허접했다.

"제발, 제발. 생각하자, 최성훈."

최성훈은 제자리에서 발을 구르며 심호흡을 했다.

이번에도 결과는 크게 다르지 않았다.

"하, 버려야지."

그렇게 몇 개의 시안이 데구르르 바닥을 나뒹굴었을 때였을까.

최성훈의 머리 위로 그림자가 드리웠다. 별생각 없이 고개를 든 최성훈은 이내 기겁하며 자리에서 펄쩍 뛰어올랐다.

"와 씨, 깜짝이야!"

언제 왔는진 모르겠지만, 신서진이 두 눈을 반짝이며 이쪽을 내려다보고 있었기 때문이었다.

최성훈은 질색하며 가슴을 쓸어내렸다.

"야, 인기척 좀 내라. 심장 떨어질 뻔했잖아."

"아, 미안."

신서진은 건성으로 대답하고선 바닥에 떨어진 종이 뭉치들을 물끄러미 내려다보았다.

최성훈은 어색한 웃음과 함께 손사래를 쳤다. 막상 저렇게 널브러져 있으니 부끄러웠던 탓이었다.

"그건 보지 마. 좀 이상해서 접은 깃들이야."

"……."

"야, 보지 말라니깐."

최성훈은 그렇게 말하며 초조한 듯 침을 삼켰다. 그새 종이를 펼친 신서진은 머리를 긁적이며 최성훈이 버려 둔 안무 시안을 확인했다. 방금 전까지 머리를 굴리다가 던져 버렸던 바로 그 시안이었다.

"야… 야!"

최성훈은 머리를 털고 일어나 신서진의 손에 쥔 종이를 뺏으려 했다.

"그거 진짜 별로라서 버릴 거라고!"

"괜찮은데?"

"어?"

최성훈은 의외의 말에 멈칫했다. 처음에는 농담인가 싶었는데, 신서진의 진지한 표정을 보니 그건 또 아닌 것 같다. 최성훈은 인상을 찌푸리며 안무 시안을 낚아챘다.

"진심이야?"

너덜너덜해진 안무 시안을 내려다봤다. 최대한 둘의 페어 안무를 살린 동선에 쉽게 따라 할 수 있을 법한 무난한 춤. 하이라이트라고 꼽을 만한 인상 깊은 안무는 없었지만 구성은 제법 탄탄했다.

안무 창작이 처음이나 다름없는 녀석한테 이유승 정도의 퀄리티는 기대하지도 않았다.

신서진은 솔직하게 고개를 끄덕였다.

"뭐를 더 바란 거야? 무에서 유라도 창조하길 바랐어? 그건 신이지."

"네 곡은 거의 무에서 유를 뽑아내던데."

"그야, 나는 신이니까……?"

뭐지, 왜 재수 없지.

최성훈은 피식 웃으며 신서진의 말에 혀를 내둘렀다.

말은 저렇게 해도 조금은 위로가 됐다.

"아니, 근데 좀 허접한 거 같아서. 아, 아니다."

최성훈은 머리를 긁적이며 안무 시안을 두어 번 곱씹었다.

가만 생각해 보니 아예 다 날릴 필요까지는 없다. 하이라이트 안무만 괜찮은 걸로 바뀌도 반 이상은 갈 것 같은데.

"네 말 듣고 보니 괜찮은 거 같기도 하고?"

"괜찮다니깐."

그러면 이거를 최대한 살리는 선에서 다시 짜 보면 된다. 하이라이트 안무는 빼고서.

가운데에 큰 퍼즐이 남아 있는 기분인데, 문제는 그 퍼즐이 채워지지 않는다는 점이었다.

오늘만 해도 장장 10시간 동안 쉬지 않고 고민했다.

적어도 내일까지는 안무를 뽑아내야겠다는 생각으로 극한의 스케줄을 달렸지만 발전은 없었다.

최성훈의 상황을 들은 신서진은 고개를 끄덕이며 입을 열었다.

"딱 이 파트만 생각이 안 나는 거잖아?"

"중간에 랩 딱 내지르고 보컬로 넘어가는 파트 있잖아."

"이, 그래. 여기가 하이라이트긴 히지."

"직관적으로 가사가 떠오를 만한 까리한 안무로 뽑고 싶단 말이지. 근데 아무리 고민해도 생각이 안 나."

그렇다면⋯⋯.

신서진은 턱을 괴고선 싱긋 웃었다.

신서진은 비밀 얘기를 속삭이듯 목소리를 낮추고선 말했다.

"내가 자주 쓰는 기가 막힌 방법이 하나 있는데⋯⋯."

"오, 진짜?"

"여기서부터 귀를 막고 달리는 거야. 그리고, 기숙사 방 들어가서 귀를 딱 떼면⋯⋯. 바로 생각날걸?"

"그건 또 무슨 미신이냐."

믿은 내가 잘못이지.

최성훈은 웬 개소리냐는 듯 머리를 긁적였다.

신서진은 어깨를 툭툭 치며 자신만만한 얼굴로 설득했다.

"한번 해 보라고."

최성훈은 피식 웃으며 단호하게 고개를 저었다.

"저얼대 안 해."

미신도 좀 신빙성이 있어야 믿지, 대체 누가 귀를 막고 달리냐.

*　　　　*　　　　*

"허억⋯ 헉."

'대체 누가 귀를 막고 달리냐'의 '누구'를 맡고 있는 최성훈이 이를 악물고선 내달렸다.

새벽이라 보는 사람이 없어서 망정이지 이거 생각보다 쪽팔린 자세다.

'아씨, 내가 드디어 미친 건가?'

왜 이러고 있는지 스스로에게도 의문이었다.

최성훈은 두 손으로 귀를 막고선 기숙사로 내달렸다.

"하아……."

1층, 2층, 3층.

기숙사 계단을 올라가는 동안에도 귀를 막은 두 손은 떼지 않았다.

혹시 실수로라도 놓칠까 봐 이까지 악물었다.

'믿은 내가 등신이다.'

그렇게 마침내 제 방 앞에 도착했을 때.

최성훈은 반신반의하며 천천히 손을 뗐다.

"아니, 이걸 진짜 누가 믿냐고……."

어?

찌릿—.

날카로운 파열음이 머릿속을 스쳤다.

최성훈은 두 눈을 동그랗게 뜨고선 그대로 얼음이 되었다.

"어… 어?"

이… 이게 왜 진짜로 생각나냐?

이… 이게 대체 뭐지?

"어어어어어!"

아주 잠깐이었지만 분명히 떠오른 장면.

"왜 이걸 생각을 못 했지?"

몽롱하게 머릿속에서 떠다니던 안무가 조금씩 구체화되는 느낌이다.

최성훈은 기겁하며 문을 열어젖히고선 기숙사 방에 뛰어 들어갔다.

조금이라도 까먹을까 봐 호들갑을 떨며 책상 위로 몸을 던졌다.

"끄아아앗!"

"야, 시끄럽다고!"

"미안, 미안!"

룸메가 투덜대는 소리를 흘려듣고선 최성훈은 정신없이 방금 떠오른 것들을 구겨진 종이 위에 적어 나갔다. 신서진의 자작곡에도 제법 어울린 수준의 안무.

거의 1시간 동안 쉴 새 없이 쏟아 낸 아이디어.

그제야 정신이 든 최성훈은 짧게 숨을 뱉어 내며 고개를 들었다.

'여기서부터 귀를 막고 달리는 거야. 그리고, 기숙사 방 들어가서 귀를 딱 떼면……. 바로 생각날걸?'

신서진의 한마디가 떠올랐다.

말도 안 된다고 코웃음을 치던 자신을 확신에 찬 얼굴로 설득했던 신서진.

이 상황이 우연인가?

정말 우연이… 맞나?

최성훈은 그새 동이 튼 창밖을 내다보며 나직이 중얼거렸다.

"얘… 진짜 뭐지?"

$*$ $*$ $*$

기말 평가 당일의 아침이 밝았다.

데뷔 클래스 학생 10명뿐만 아니라 그들의 파트너까지 총 스무 명이나 서는 무대다 보니, 작년의 데뷔 클래스 기말 평가보다 훨씬 더 복작복작한 분위기였다.

때문에 교무실도 기말 평가 준비로 분주했다.

이규필 학생부장은 주영준 선생을 향해 말을 던졌다.

"주영준 선생은 아주 신났겠구만."

"제가요?"

"이번에 A반 녀석들도 많이 나가던데?"

"아, 그렇게 됐습니다. 저희 반에서만 6명이 나가는 터라……."

"2학년 애들이 잘하긴 하죠."

이상혁 선생도 웃으며 말을 얹었다. 최서연 선생은 두 눈을 반짝이며 주영준 선생을 돌아보았다.

아무래도 임시 반 때 자신이 맡았던 이다영이 이번 무대에 서기로 되었으니 신경이 쓰이는 모양이었다.

"주 쌤, 주 쌤!"

"네?"

"다영이는 준비 잘하고 있어요? 애가… 너무 소심해서 혼자 땅굴 파고 있는 건 아닌가 모르겠네."

"아이, 참. 무대 위에서는 안 그러잖아요. 참 걱정도 많으셔."

"잘됐으면 좋겠어요. 건드리면 부러질 거 같은 애라."

최서연 선생은 웃으며 엄지손가락을 치켜들었다.

"물론 주 쌤이 잘 가르치셨겠지만요."

"허허, 빈말이라도 감사하네요."

주영준 선생은 너털웃음을 터뜨리며 의자를 뒤로 젖혔다.

그때였다.

자기들끼리 칭찬을 주고받던 선생들 사이로 정기태 선생이 걸어 들어왔다.

마르고 큰 키에 왠지 범접할 수 없을 거 같은 날렵한 얼굴. 줄곧 생글거리던 최서연 선생도 어색한 웃음을 흘리며 자세를 고쳐 앉았다.

'무섭다.'

듣자 하니 어마어마하게 깐깐하게 채점할 거 같던데, 데뷔 클래스 학생들이 불쌍해 보일 수준이었다.

그렇게 속으로 중얼거리며 눈치를 살피는데 이규필 학생부장이 먼저 입을 열었다.

"애들 좀 어떻습니까?"

"이번 데뷔 클래스 학생들이요?"

"좀 끼가 보이는 애가 있나 싶어서."

정기태 선생은 턱을 쓸어내리며 잠시 고민하더니 담담한 목소리로 답했다.

"글쎄요. 아직 정식으로 무대를 본 적은 없어서 말입니다."

유민하도, 이유승도, 신서진도. 모두 비주얼만 놓고 왔을 때는 어디 가서 밀리지 않을 수준이었다.

하지만, 그 안에 작곡 전공은 없다는 점이 마음에 걸렸다.

어차피 곡 위주로 볼 거라면 썩 마음에 드는 녀석은 없을 것 같은데…….

정기태 선생은 오히려 이규필 학생부장에게 되물었다.

"어떤 녀석이 가장 괜찮습니까?"

"으음."

이규필 학생부장의 안목이야 수준급이니, 그가 추천하는 학생이라면 관심 있게 봐도 되겠지.

정기태 선생은 입가에 미소를 띤 채 이규필의 말을 기다렸다.

그때, 학생부장의 입에서 한 사람의 이름이 튀어나왔다.

"신서진."

이번 데뷔 클래스에서 그가 가장 관심을 갖고 지켜보는 학생.

"예, 한번 열심히 보도록 하겠습니다."

정기태 선생은 예리한 눈빛으로 답했다.

*   *   *

"지금부터 실용음악과 데뷔 클래스 학생들의 기말 평가를 시작하도록 하겠습니다."

조명이 켜지기 전의 어둠.

그 사이를 바스락거리며 움직이는 사람이 하나 있었다.

어둠 속에서 서늘한 시선이 묘하게 빛났다.

'걸리면 돼지는 거야.'

신서진이 헤르메스라는 것을 알아냈다. 다른 신들에 비해 개인적으로 싫어하는 자는 아니지만, 그럼에도 이미 시작해 온 일을 멈출 수는 없었다.

제 형의 주문은 인간의 몸이 된 헤르메스를 해할 수 있는지 확인해 보라는 것이었고, 살기 위해서라도 남이준은 그 말을 따라야 했다.

이래 죽으나 저래 죽으나 큰 차이는 없겠지.

남이준은 결심한 듯 몸을 일으켰다.

무대 위에서는 이미 사회자의 목소리가 학생들을 소개하고 있었다.

"첫 번째 무대로 한시은 학생과 서민형 학생의 무대가 있겠습니다. 모두 박수로 맞이해 주세요."

"와아아아아악!"

"꺄아아아!"

모두가 환호와 박수로 채우는 이 공연장에서.

웃을 수 없는 사람이 하나 있었다.

"됐다."

남이준은 침을 삼키며 챙겨 뒀던 가위를 품에 넣었다.

*　　　　*　　　　*

찰칵찰칵.

카메라 셔터 소리가 환호성 틈으로 무대를 포착했다.

오늘 이 기말 평가는 서울예고 학생들과 교사진만 보는 무대가 아니었다.

기삿감을 뽑기 위해 한달음에 달려온 기자들도 함께였다.

데뷔 클래스 기말 평가 중에서도 역대급 스케일.

들뜬 선생들도 팔짱을 낀 채 떠들고 있었다.

"이번에 기획사에서도 많이 왔던데."

"네, 에어팝스랑 JS 엔터에서도 왔더라고요."

"대형에서도 많이 왔네. 그러니까 애들이 저렇게 기를 쓰지."

앞서 유민하의 무대와 이유승의 무대가 차례로 지나갔다.

유민하와 작년에 합을 맞춰 봤었다는 허강민은 둥글둥글하니 순딩해 보이는 얼굴을 하고선 무대 위에 서자마자 180도로 다른 매력을 보여 줬고, 이유승, 이다영의 조합은 이미 검증된 지 오래였다.

작곡 천재 이다영에 안무 천재 이유승이면 애초에 망할 수가 없는 무대였다.

"어우, 생각보다 훨씬 더 괜찮았다."

"곡도 안무도 퀄이 하나같이 다 완벽하네."

"이게 어떻게 고등학생 애들의 자작곡이냐. 이유승도 이유승이지만, 이다영이랬나? 저 친구도 유심히 봐야겠는데?"

기자들이 연신 탄성을 터뜨리는 사이, 한동우 기자의 시선은 신서진에게만 쏠려 있었다.

그의 옆에 서 있던 기자가 불쑥 물어 왔다.

"이유승 무대 어땠어요?"

"아, 보긴 봤는데."

"네."

"서진이 얘는 언제 무대 서는 거지."

"…아, 예."

한동우 기자가 신서진이라는 신인에게 꽂혀서 인터뷰까지 따 냈다는 소문이 돌긴 했지만 저 지경일 줄은 몰랐다. 옆에 선 기 자는 헛기침을 하며 한동우 기자의 말에 공감해 주었다.

"신서진 학생도 잘하긴 하더라고요."

뭐, 에이틴 다섯 멤버 모두 요새 화제성이 뛰어나니까.

신서진의 무대는 다른 기자들도 눈독을 들이고 있는 상황이 긴 했다.

물론 한동우 기자가 조금 더 병적으로 집착하고 있는 듯하다. 잔뜩 흥분한 목소리만 봐도 그러했다.

"진짜 끝내주거든요. 지난번에 못 보셨죠?"

"아, 네."

"인생 절반은 손해 보셨네. 걔는 미쳤어요. 전 벌써 세 번째 직관입니다. 어… 어?"

타이밍 좋게 저 멀리서 신서진이 눈에 들어왔다.

"시작한다!"

동시에 한동우 기자의 두 눈이 특종을 포착한 기자처럼 맹렬 하게 빛났다.

이번에도 반드시 연예면 메인에 걸릴 기삿거리를 따 내겠다.

그런 결연한 심정을 담은 한마디가 한동우 기자의 입에서 흘 러나왔다.

"저 녀석이 분명 사고칠 겁니다. 그거 찍어야 해요."

*　　　　*　　　　*

신서진은 천천히 무대 위로 올라섰다.

이제는 조금 익숙해졌지만, 수백 명의 눈이 동시에 자신을 향하고 있는 이 상황이 부담스럽지 않은 것은 아니었다.

아, 게다가 카메라까지.

찰칵찰칵.

플래시가 눈을 찔렀다.

신서진은 옆에서 덜덜 떨고 있는 최성훈을 돌아보며 속으로 웃었다.

지금은 저래도 막상 무대에 서면 누구보다 잘 날뛸 거라는 걸 알았으니까.

문제는 이쪽이다.

"신서진, 최성훈 학생인가요?"

"네, 그렇습니다."

나란히 앉아 있는 서울예고와 다른 기획사의 심사 위원들.

'뭐 잘못했나?'

벌써부터 눈빛이 살벌하다.

오늘도 어김없이 깐깐한 인상으로 턱을 괴고 있는 정기태 선생.

그 옆에는 에어팝스 엔터라는 종이 팻말을 만지작거리고 있는 덩치 큰 남자가 앉아 있었다.

험악한 인상의 남자가 죽일 듯한 눈빛으로 노려보고 있길래 가볍게 무시하고선 고개를 돌렸다.

생각해 보니 저 얼굴 기억난다.

김성만 팀장이었나.

'왜 저렇게 화나 있는 느낌이지.'

그나마 정상적으로 보이는 사람은 부드러운 인상의 JS 엔터 팀장밖에 없었다.

이런 분위기 때문인지 한층 더 기가 죽은 듯한 최성훈이 몸을 움츠렸다.

그때, 마이크를 든 JS 엔터 사람이 입을 뗐다.

다행히 호의적인 질문이었다.

"JS의 조승현이라고 합니다. 익숙한 얼굴들인데, 두 학생 다 에이틴의 멤버죠?"

"네, 그렇습니다."

"무대 몇 번 봤었습니다. 작곡은 누가 했죠?"

"저요. 안무는 이 친구가 했습니다."

조승현 팀장은 기대된다는 듯 고개를 끄덕였다.

"잘하는 거 같던데 지금 되게 기대하고 있습니다. 아, 하고 싶은 말씀 있으면 하시죠."

조승현 팀장은 마이크를 김성만 팀장 쪽으로 넘겼다.

아까부터 머리부터 발끝까지 두 사람을 스캔하느라 정신없어 보이던 김성만 팀장.

최성훈은 긴장한 기색으로 그의 말을 기다렸다.

아니나 다를까.

그다지 고운 말이 나오지는 않았다.

이번 데뷔 클래스 기말 평가는 데뷔 클래스 학생 한 명, 다른 학생들 중 선택 한 명.

이 조합으로 이뤄졌다는 걸 알기에 나온 질문이었다.

"원래 다섯이서만 무대 하다가 처음으로 두 명이 하는 거 같은데. 제가 전반적으로 봤을 땐, 다섯 명 중에서 저 친구가 능력치가 가장 떨어지던데 왜 같이하셨는지 궁금하네요."

최성훈을 빤히 응시하며 던진 무례한 한마디.

최성훈의 얼굴이 순식간에 빨갛게 달아올랐다.

'저걸 저렇게 대놓고 말한다고?'

그걸 관객석에서 보고 있던 A반 친구들도 마찬가지였다.

"저거 미친 새끼 아니야."

유민하는 제 분을 이기지 못하고 주먹을 움켜쥐었다.

"저, 김성만 씨."

날이 선 공격에 옆에 앉아 있던 정기태 선생이 눈치를 주려 하던 순간이었다.

별다른 동요도 없이 서 있던 신서진의 입에서 담담한 한마디가 흘러나왔다.

"제가 전반적으로 봤을 땐, 세 분 중에 가장 능력치가 떨어지는 것 같으신데 왜 같이 앉아 계세요?"

"뭐?"

"순전한 궁금증이었습니다. 죄송합니다."

"크흡."

쿨럭.

관객석에 앉아 있던 학생들 틈에서 웃음소리가 터져 나왔다.

아까까지 신나게 욕하고 있던 유민하는 기겁하며 고개를 들었다.

"저, 저 미친놈."

"와학학, 저거 완전 또라이네."

생각해 보니 저놈이 더 미친놈이었다.

상상도 못 한 말을 툭 던져 놓고선 한없이 태평해 보이는 얼굴로 생글거리고 있는 신서진.

제대로 한 방 먹은 김성만 팀장은 멍한 얼굴로 쉽사리 입을 떼지 못했다.

그의 옆에 앉은 조승현 팀장만이 웃음을 흘리며 혼자 중얼거릴 뿐이었다.

"그 와중에 제대로 봤네."

제 스스로 생각해 봐도 셋 중에 저 인간이 가장 별로다.

하여간 저 깡패들과는 엮이고 싶지 않다니깐.

조승현 팀장은 그렇게 혀를 차며 정기태 선생을 돌아보았다.

이랬다간 심사도 보기 전에 대판 싸우게 생겼다.

정기태 선생은 침착한 얼굴로 화제를 돌렸다.

"그쯤하고, 곡 설명부터 들어 보죠."

"네, 저희가 준비한 곡은 '4시 29분'이라는 노래고, 5시에 만날 상대를 떠올리며 설레는 마음을 담은 청량한 분위기의 힙합 댄스곡입니다. 그러면, 잘 부탁드리겠습니다."

"4시 29분이라……."

"무대부터 보죠."

　　　　*　　　　　*　　　　*

쾅.

드럼 소리와 함께 흥겹게 시작하는 도입부.

정기태 선생은 두 눈을 크게 뜨고선 무대를 주시했다.

"처음부터 나쁘지 않은데?"

청량한 분위기가 물씬 나는 신시사이저음에 드럼 소리가 더해진다.

곧 다가올 여름과도 어울리는 시원한 사운드에 관객석에서도 기분 좋은 호응이 터져 나왔다.

그 비트를 따라 신서진의 랩이 흘러나왔다.

보컬로서도 천상의 목소리라고 생각할 수 있지만, 랩도 제법 어울리는 목소리였다.

최성훈이 낮은 보이스로 묵직하게 툭툭 던지는 랩 스타일을 가지고 있다면, 신서진은 조금 더 부드러운 랩 스타일로, 귀에 착착 감기게 하는 데에 소질이 있었다.

"잘한다."

조승현 팀장은 저도 모르게 만족스럽게 웃었다.

'아, 우리 회사로 데려가고 싶은데.'

저런 재능을 가진 친구들은 오랜만에 본다.

랩 파트가 끝나자마자 최성훈이 미끄러지듯 앞으로 튀어나왔다.

팝핀 스타일의 춤을 그대로 살린 파워풀한 독무.

혼자서도 저 넓은 무대를 잘 헤집고 다닌다.

신서진의 동선이 최성훈과 엮이면서 가운데로 모인다.

페어 안무가 이어진다.

앞으로 튀어 나가려는 신서진을 붙들며 과감하게 주저앉히는 안무.

천천히 몸을 젖힌 신서진이 최성훈의 올가미를 벗어나면서 과감하게 팔을 뻗는다.

차라리 보컬이 강하지, 둘 다 춤은 그다지 강하지 않다고 생각했었는데.

그런 편견을 단번에 깨 버리는 무대였다.

일단 뻣뻣하지 않다. 힘을 너무 많이 쓰느라 뚝딱거리는 애들도 있는데, 신서진과 최성훈의 춤 선은 부드럽게 이어졌다.

"오."

정기태 선생의 눈썹이 들썩였다.

"노래 구성 괜찮은데?"

어떤 느낌을 전달하려 했는지 알 것 같다.

시원시원하면서도 노래에 묻어 있는 발랄한 느낌이, 춤 선 곳곳에 남아 있다.

확실한 컨셉과 자기 전달력.

정기태 선생이 가장 중요하게 생각하는 요소를 전부 놓치지 않았다.

그렇기에 놀랐다.

어린 학생들이 제 개성을 무대에 잘 녹여 냈기 때문.

'잘하는 애들한테 왜 시비를 걸어서는.'

정기태 선생은 옆에 앉은 김성만 팀장을 흘겨보았다.

아까까지는 날이 올라서 시비를 털어 대던 김성만 팀장도 사뭇 당황한 듯 떡 벌어진 입으로 무대를 지켜보고 있었다.

최성훈의 기량이 상상 이상으로 올랐기 때문이었다.

'이 둘 중 건질 만한 건 신서진뿐이라고 생각했는데.'

춤이야 원래 1인분은 했었는데, 보컬과 랩이 놀라울 정도로 늘었다.

조승현 팀장은 옆에 앉은 김성만 팀장에게 물었다.

"아까 안무 최성훈 학생이 짰다고 했었죠?"

"네, 아마 그럴 겁니다."

"이야, 저거 학생이 짜기 어려웠을 텐데."

한 번 보면 눈에 탁 들어오는 직관적인 안무.

둘의 무대는 프로 수준에서 봐도 수준급이었다.

"와아아아!"

"잘한다아!"

신서진은 환호성을 들으며 피식 웃음을 흘렸다.

데뷔 클래스 친구들의 응원.

"신서진! 신서진! 신서진!"

"최성훈! 최성훈! 최성훈!"

함성 소리에 힘을 받아 신서진의 탄탄한 보컬이 시원시원하게 치고 나갔다.

빡센 안무를 소화하면서도 흔들림 없는 노래 실력. 신서진의 노래는 불안하지 않았다.

음정 확실하고, 박사 완벽하고.

흠잡을 데 없는 보컬은 신서진의 강점이라 할 수 있었다.

하지만, 오늘은 그런 기술보다도.

감정.

신서진은 익숙하지 않던 제 감정에 집중했다.

그러곤 환하게 자신을 비추는 조명을 올려다보며 감격에 잠겼다.

행복하다.

그 말이 이 상황에 어울리는지는 모르겠다만, 문득 머릿속을 스쳤다.

이 시간이 멈췄으면 좋겠다는 생각도 했다.

저 응원 소리가, 자신을 향할 때마다 심장이 벅차게 뛰고 있었다.

처음으로 무대 위에서 모든 걸 쏟아부었다.

신서진은 관심을 받는 게 좋았다.

한데, 그걸 떠나서.

관심도 관심이지만, 무대에 설 때는 알 수 없는 떨림이 있었다.

일렁이는 함성 소리, 두근대는 떨림.

그 환호성과 함께 조명도 흥겹게 흔들리고 있었다.

"으음?"

아니, 저게 흔들리면 안 될 건데.

끼이익.

너무도 당연한 사실을 뒤늦게 깨달아 버린 순간.

신서진은 차갑게 굳은 얼굴로 고개를 돌렸다.

툭.

묵직한 조명이 최성훈을 향해 빠르게 떨어지고 있었다.

관중들도, 심사 위원도, 무대에 선 본인들도 보지 못했던 한순간에.

"어… 어?"

더 생각할 건 없었다.

"꺄아아아악!"

신서진은 냅다 몸을 던졌다.

Chapter. 3

"신기할 정도로 멀쩡해요. 머리부터 발끝까지 다친 부분이 한 군데도 없으십니다."

"……."

"그, 조금 구르신 거 같던데. 발목도 안 삐셨습니다. 아주 튼튼하시네요."

신서진은 부스스해진 머리를 정돈하며 의사를 올려다보았다.

아까부터 같은 말만 반복하고 있었다.

"아, 죄송합니다. 조명을 맞고 이렇게 멀쩡한 사람은 처음 봐서요. 다행… 입니다. 금방 퇴원할 수 있을 것 같네요."

다칠 거라고는 생각도 안 했다.

중간에 필름이 살짝 끊어지긴 했지만, 마지막 순간에 조명을 등으로 받아 냈던 기억만큼은 선명했다.

최성훈 그 녀석은 멀쩡하겠지, 뭐.

신서진은 기지개를 켜며 자리에서 몸을 일으켰다.

누가 보면 조명을 맞고 온 사람이 아니라, 방금 자다 일어난 사람이라고 착각할 정도였다.

"으잇 차!"

침대를 박차고 일어선 신서진을 본 의사가 본능적으로 손사래를 쳤다.

"아니, 학생. 그래도 다쳤는데 그렇게 막 다니면 안 돼요."

"멀쩡하다면서요."

"그러게요, 그게 참 신기하네……."

조명 맞은 거쯤이야 모기한테 한 방 물린 수준으로 의미 없는 일이었다.

신서진은 그보다 중요한 것을 물었다.

"성훈이 어딨어요?"

"옆 VIP 병실에 있다던데……."

벌컥.

신서진은 문을 열어젖히고선 의사가 알려 준 병실로 발걸음을 옮겼다.

그런데.

두어 걸음 발을 뗀 신서진은 황당한 얼굴로 멈춰 서고 말았다.

"흐어어억……. 안 돼……. 분명 죽었을지도 모른단 말이에요……."

음?

최성훈이 있는 병실 너머로 웬 대성통곡이 들려왔기 때문이었다.

*   *   *

고요한 병실 내로 최성훈의 통곡만이 울려 퍼졌다.

그가 깨어난 지 얼마 되지도 않았다.

신서진이 다급히 뛰어들어서 막아 준 덕에 팔에 살짝 금만 간 것으로 심한 부상은 면했지만, 정신이 들자마자 사고의 마지막 장면이 떠오르는 것은 어쩔 수 없었다.

상황은 끔찍했다.

조명이 떨어지는 순간 정신을 잃었지만 그렇다고 해서 사고까지 정지된 것은 아니었다. 멀쩡한 사람은 살아남을 수 없을 만한 사고였다.

최성훈은 패닉이 된 얼굴로 횡설수설했다.

"내가 팔이 부러졌는데 걔는 머리를 맞았다니까 진짜로……."

"방금 연락해 봤는데 멀쩡하대."

"성훈아, 다행히 그 친구는 괜찮다고……."

눈치를 살피는 부모님의 말에 최성훈은 다시 침대 위로 고개를 파묻었다.

어차피 그들이 무슨 말을 한들 최성훈의 귀에는 들리지 않았다.

"말이 되는 소리를 하라고! 흐어어억……."

자신이 충격을 먹을까 봐 애써 거짓말을 하는 것이란 생각이
앞섰다.

왜 그런 거 많지 않나.

환자분이 절대적인 안정을 취하기 위해서 선의의 거짓말을 해
줘야 한다는 의사들의 멘트. 드라마 속 한 장면을 머릿속에서
그린 최성훈은 울먹거리며 베개를 움켜쥐었다.

붉어진 두 눈이 눈물을 머금고서 끔뻑였다.

최성훈은 파르르 떨리는 눈꺼풀로 말을 뱉었다.

"진짜… 죽었어?"

"아니, 성훈아. 안 죽었다니까?"

"그럼 혼수상태야? 신서진 어떡하냐고……. 나… 나 때문
에……. 흐어어어… 으으……."

그때였다.

드르륵. 쾅.

갑작스럽게 문이 열리는 소리에 최성훈은 놀란 얼굴로 고개
를 들었다.

더 놀랄 일은 그다음이었다.

살짝만 스쳐도 팔에 금이 갈 정도로 그 묵직했던 조명에 머리
를 맞은 녀석이.

팔도 다리도 머리도, 깁스는커녕 한없이 멀쩡해 보이는 얼굴
로 자신을 한심하다는 듯 내려보고 있었기 때문이었다.

"이잉?"

처음은 충격이었고.

그다음은 공포였다.

벌떡.

최성훈은 기겁하며 뒤로 자빠졌다.

그리고는 제 눈을 옷소매로 비빈 뒤, 냅다 비명을 내질렀다.

"아아아악!"

"……?"

"귀, 귀신이 서 있어어억!"

"왜 죽었다는 가정이냐."

"뭐야, 말도 하네……?"

"귀신도 말을 하긴 하더라."

최성훈은 빠르게 머릿속으로 상황을 정리했다.

눈앞의 신서진은 쓸데없이 혈색이 너무 좋고, 귀신이라기엔 너무 사람답게 생겼으며, 목소리마저도 사람의 피치 그대로다.

물론 그 모든 걸 다 따져 봐도…….

"그렇게 멀쩡할 리가 없… 뭐냐? 진짜 돌머리였어?"

"머리가 아니라 등을 맞았거든?"

"허어어엉……. 죽은 줄 알았다고! 대체 왜, 미쳐도 곱게 미쳐야지 거길 뛰어드냐. 이 또라이 새끼야. 흐어어엉……."

"살려 줬더니……."

난데없이 욕을 먹고 있다.

신서진은 황당하다는 듯 중얼거렸다.

물론 일반적인 사람이라면 크게 다쳤을 사고였다.

하지만, 신서진은 일반적인 사람이 아니었다.

"멀쩡하다니까."

뚜둑.

제 팔을 흔들어 보인 신서진은 느닷없는 뼈 소리에 두 눈을 크게 떴다.

"엥, 아닌가."

"흐어어엉……."

"아니, 진짜 멍청하다고 이 멀쩡아."

"으응?"

"아, 미안. 본심이 너무 먼저 나왔네."

"머리도 다쳤나 봐……."

꺼이꺼이.

최성훈이 2차 통곡을 이어 가던 순간, 문 너머로 그림자가 스쳐 지나갔다.

벌컥.

정신없이 문을 열어젖히고서 뛰어들어 온 사람은 유민하와 이다영, 이유승.

세 명의 에이틴 멤버였다.

호다다닥.

새하얗게 질린 얼굴로 최성훈에게 달려가던 유민하는 아까 최성훈이 했던 것과 비슷한 레퍼토리로 말을 쏟아 냈다. 바로 옆에 있는 신서진은 아무도 발견하지 못한 눈치였다.

유민하가 뛰어왔는지 붉게 달아오른 얼굴로 침대를 붙들었다.

"최성훈! 신서진은? 신서진 어딨냐고! 걔 진짜 괜찮은 거 맞아?"

"그게……."

이것들은 내가 진짜 안 보이나.

신서진은 중얼거리며 손을 슬쩍 들어 올렸다.

…씹혔다.

"죽은 거냐고, 대답해 봐."

"서진이 어떻게 된 거야, 성훈아?"

"야, 신서진 어딨어."

"저기요. 얘들아, 나 좀 봐 줄래."

"꺄아아아악!"

아, 귀신 아니고 신이라고.

신서진은 한숨을 내쉬며 기겁하는 세 명의 멤버들을 돌아보았다.

"뭐야, 너 왜 살아 있어……."

"그것 참 상처 되는 말이군."

"아니, 그게 아니라."

결과적으로 살았으니 됐다.

무언가 말을 더하려던 유민하는 그대로 멈춰 서서 신서진을 빤히 올려다보았다.

"어… 어… 그러니까……."

"응."

"다행이다."

*　　　*　　　*

신서진과 최성훈의 무대는 중간에 종료되었지만 그 화제성만큼은 다른 무대를 압도했다. 무대의 퀄리티만 놓고 봐도 그랬지만 단순히 무대의 의미를 넘어선 스토리.

친구를 위해 자신의 몸을 던진 신서진의 스토리가 기자들의 마음을 사로잡았다.

한동우 기자의 후배는 감동한 얼굴로 나직이 중얼거렸다.

"친구를 위해 위험을 무릅쓰고 뛰어든 의리 있는 라이징 스타, 이거 타이틀 좋지 않습니까. 어때요?"

신서진은 무사한 것으로 확인되었으니 이젠 각종 미담과 함께 포털사이트를 떠들썩하게 달굴 차례였다. 아마 지금쯤 다른 연예부 기자들도 난리가 났을 것이다.

그 자리에 기자가 한둘이 있었던 것도 아니고, 다 그 무대 보겠답시고 카메라를 들고 왔는데 무대의 화제성을 넘어서는 더 놀라운 그림이 만들어졌으니 말이다.

대중들이 좋아하는 요소는 다 들어갔지 않은가.

가뜩이나 엉뚱한 이미지로 사랑받기 시작하던 라이징 스타가 친구를 구하기 위해 조명을 대신 맞아 주다니. 여기에 화제가 되었던 몇몇 무대만 끼워 넣어도……

딱 보인다. 대중들이 환장하는 소리가.

후배 기자는 저도 모르게 탄성을 내질렀다.

"캬, 죽인다. 저기… 선배님?"

"으음?"

누구보다 이런 소식에 뛸 듯이 기뻐할 만한 한동우 기자가 오늘은 웬일로 미동이 없다. 그는 무언가에 열중하듯 아까부터 모니터 화면만 뚫어져라 노려보고 있었다. 후배 기자는 뒤늦게 머쓱해졌다.

하기야 신서진이 무사해서 다행이지, 사람이 다친 사고에 기삿거리 하나 뽑았다고 마냥 좋아할 일이 아니다. 후배 기자는 경건해진 얼굴로 고개를 숙였다.

"아, 제가 너무 흥분을… 죄송합니다."

"그게 문제가 아니라 이리 와 봐."

"네?"

탁탁.

영상을 몇 개를 넘긴 한동우 기자가 모니터를 손으로 가리키며 인상을 찌푸렸다.

자신이 난리 친 게 못마땅해서 가만히 있는 줄 알았더니, 신서진 영상 보느라 정신이 팔린 거였나?

후배 기자는 두 눈을 끔뻑이며 되물었다.

"이게 뭔데요?"

"다시 봐 봐."

한동우 기자는 다급히 마우스를 클릭했다.

문제가 되는 장면 앞에서 멈춘 한동우 기자는 믿을 수 없다는 듯 입을 떡 벌렸다.

신서진의 인터뷰를 퇴원 직후에 따긴 했었다.

그의 말대로 머리가 아니라 어깨와 등 쪽을 맞은 건 분명해 보이는데, 맞은 부위가 관건이 아니었다.

그 위치가 문제였다.

한동우 기자는 다시 화면을 뒤로 돌렸다.

"아까까지 여기 있던 애가……."

탁.

한동우 기자는 다음 장면에서 화면을 멈췄다.

겨우 1초 남짓한 시간에 꽤 떨어진 거리에서 최성훈이 있는 곳으로 움직였다.

카메라에도 흐릿하게 잡힐 정도의 속도로.

사람이 이렇게 빨리 움직일 수 있나 싶을 정도였다.

한동우 기자는 머리를 긁적이며 입을 열었다.

"얘, 날았나?"

"아이, 참. 기타 들고도 잘 날던데요."

"그렇지?"

어린 동생을 구하기 위해 순식간에 팔을 뻗어 살렸던 오빠의 이야기도 떠돌고 그랬으니 뭐 안 될 것은 없다. 위기 상황에서 인간은 본인의 능력치를 훌쩍 넘은 기적을 일으키기도 하니까.

이렇게 감동적일 수가······.

물론 거기까지 생각하지 못한 후배 기자는 박수까지 치며 감탄할 뿐이었다.

짝짝짝.

"이야, 운동신경 지인짜 좋네. 춤추는 애들이라 그런가?"

어?

"선배님은 왜 우시는 거예요?"

"크흡······. 보면 볼수록 감동적인······."

"네?"

"흐어··· 왜··· 왜 내가 다 울컥하지?"

왜 저래, 진짜.

후배 기자는 질색하며 한동우를 돌아보았다.

＊　　　　　＊　　　　　＊

「친구를 위해 위험을 무릅쓰고 뛰어든 의리 있는 라이징스타 신서진」

지난 서을예고 데뷔 클래스 기말 평가에서 아찔한 사고가 발생했다.

무대에 설치된 조명이 떨어져 에이틴의 최성훈(17)을 덮친 것. 포켓돌이자 라이징 스타로 주목받고 있는 신서진이 반사신경으로 친구 최성훈을 구해 내 화제가 되고 있다.

팔이 닿지 않을 정도로 먼 거리를 순식간에 뛰어간 기적은 친구 간의 우정, 멤버 간의 의리로밖에는 설명할 수 없을 것이다.

신서진과 최성훈은 사고 직후 인근 병원으로 보내져 치료를 받았으나, 일상생활에 문제가 없을 정도로 경미한 부상만 입은 것으로 알려졌다.

에이틴의 이 같은 감동 실화가 전해지면서 네티즌들은 '감동이다', '같이 데뷔하면 좋겠다', '상이라도 줘야 하는 것 아닌가요'와 같은 반응을 보였다.

─애들 공연하는데 조명이 떨어져? 진짜 미친 거 아니냐고 ㅠㅠ

└서을예고 학비도 비싸, 돈도 오지게 뽑아먹으면서 시설이나

똑바로 지으라고;;

└그니까 그 돈 누가 떼먹음 ㅂㄷ

└하여간 SW가 일은 참 신박하게 해요

└아 애들 놀랐을 거 생각하니까 개빡치네 ㅋㅋㅋㅋ

└내가 팬 미팅 간다고 서을예고 기둥은 하나 세워 줬을 텐데
저 자식들 뭐 하냐?

└하 화난다

└감… 감동 실화인데 댓글 왜 이럼 다들 릴렉스

└안 다쳤다니 다행입니다 ㅠㅠ

└ㅇㅈ 다행인가 보다 해야지 뭐…….

—얘 인성은 진짜 탑인 듯. 내가 저 자리에 있었으면 저렇게 못
했다

└의리니 뭐니 다 떠나서 저건 천성임. 일반적인 사람들은 저렇
게 못 함

└ㄹㅇ 진짜 상 줘야 함

└ㅠㅠ너무 감동적이야.

└얘들 갈라놓지 마라. 제발 데뷔시켜!!!

└ㅇㅈ SW는 맨날 인재 다른 데에 뺏기지 말고 빨리 좀 데뷔시
켜라

—어떻게 저렇게 순하고 착한 애가 어딨냐구ㅠㅠ

└진짜……. 얜 말하는 것조차 순한 게 느껴짐

└ㅠㅠ 개무서웠을 듯……. 다치지 마 얘들아

└개미 한 마리도 못 밟아 죽일 우리 말랑 토끼…….

늦은 저녁 시간.

홀로 텅 빈 교실에 남은 남이준은 쏟아지는 댓글들을 보며 비릿한 웃음을 흘렸다.

개미 한 마리도 못 밟아 죽일…….

그 말랑 토끼가 지금 저기 걸어오고 있다.

다소 말랑하진 않은 모습으로 말이다.

쾅.

예상대로 교실 뒷문이 열리자 남이준은 본능적으로 어깨를 움츠렸다.

짙은 살기에 등골이 오싹해졌다.

그리고 그 살기의 주인은 신서진이었다.

*   *   *

남이준은 힘겹게 신서진을 돌아보았다.

이제 알았다.

신이 본격적으로 살기를 내뿜을 때는 손가락 하나조차 까닥할 수 없다는 것을.

그리고, 자신은 분명 분노한 신의 손에 죽고 말 거라는 걸.

어느 정도는 예상했다.

신에게 해를 입히는 일인데 그 정도 각오도 안 한 것은 아니었으니까.

그래도 조금이나마 그 공격이 먹혀 들어가길 바랐는데.

완전히 실패하고 나서 후회해 봐야 소용없다.

남이준은 아랫입술을 악물고선 뒷걸음질 쳤다.

성큼성큼.

순식간에 다가온 신서진이 이를 악문 채 남이준을 서늘하게 응시했다.

단 한 번도 본 적 없는 신서진의 눈빛.

그나마 인간처럼 제 앞에서 생글거리고 있을 때와는 차원이 달랐다.

남이준은 피식 웃으며 나직이 중얼거렸다.

"눈치챈 모양이십니다."

"그게 유언인가?"

물론 할 수 있는 대사는 거기까지였다.

"커억……."

이윽고 입을 뗄 수 없을 정도로 강한 힘이 그의 목을 조여 왔으니까.

*   *   *

남이준은 겁에 질린 얼굴로 손을 떨었다.

아까 전까지 태연해 보이던 표정은 어디로 가고 없었다.

'이거면 신서진도 무사하진 못하겠지.'

무대 뒤편에서 조명 줄을 끊었다. 신서진을 노리고 떨어뜨린 것이었지만 최성훈에게 떨어질 줄은 몰랐다. 과정이야 어찌 되었든 조명은 분명 신서진을 덮쳤고, 계획은 성공한 줄 알았다.

하지만 실패했고, 무능했으며, 형편없었다.

심지어 신서진에게 그 얕은수마저 다 들키고 말았다.

"켁… 켁. 살, 살려 주세요."

남이준은 발버둥 치며 자신을 내려다보고 있는 신서진을 향해 눈빛으로 애원했다. 물론 신서진에겐 씨알도 안 먹힐 얘기였지만.

신서진은 분노에 찬 목소리로 입을 열었다.

"왜 그런 짓을 벌인 거지?"

신의 직감이 아니었다면 크게 다칠 뻔했다.

서울예고 내에서, 그것도 어린 학생이 자신을 노릴 거라 생각하지 못한 터라 방심했다.

신서진은 그 사실이 이해가 가지 않았다.

고등학교 3학년. 이곳에선 명색이 선배이나, 그래 봤자 열아홉밖에 되지 않은 어린애에 불과할 터.

어째서 조명을 끊으면서까지 자신을 해하려 했는지가 의문이었다.

눈빛을 보아하니 자신이 신인 것도 오래전부터 알았던 듯한데.

신을 죽이려는 자들이라…….

소문만 들었지 실재할 줄은 몰랐다.

"왜 그렇게 멍청한 짓을 했냐고 물었는데."

"…신을 증오하니까."

"그럴 수 있지. 단명하기 딱 좋은 생각이지만 말이야."

"그래서 죽이려고……?"

애써 태연하게 말하고 있지만 남이준의 목소리는 분명 떨리고 있었다.

"글쎄."

신서진은 천천히 고개를 저었다. 표정을 읽을 수 없는 눈빛이었다.

"어차피 넌 오래 못 살아."

그러니 남이준의 물음에 대한 답은 '굳이?'였다.

예상치 못한 신서진의 말에 남이준의 눈꺼풀이 파르르 떨렸다.

신들의 사자라 불리는 헤르메스다. 죽은 자들을 명계에 데려다주는 일을 하는 그가 거짓으로 말하는 건 아닐 테고. 남이준은 피식 웃음을 흘리며 고개를 떨궜다.

곧 죽을 마당에 하지 못할 소리는 없었다.

"재밌네, 나한테는 동정이나 해 주고. 네 모자란 친구들은 걱정까지 해 주고. 이것 참, 내가 알고 있던 신들이랑 다르다고 해야 하나, 병신 같다고 해야 하나."

"……."

"신이면서 한낱 인간들한테 의리, 뭐 그런 시답잖은 감정이라도 느끼는 거야?"

어이가 없다.

자신이 알고 지낸 신은 차마 범접할 수도 없는 두려운 존재 그 자체였거늘.

지금 자신의 앞에는 친구의 부상에 분노하는 평범한 학생이 서 있지 않나.

신인 주제에, 인간을 따라 하는 표정이라.

남이준은 괜히 불쾌해져서 싸늘하게 중얼거렸다.

"역겨워라."

"뭐?"

"그놈들 건들면 그 잘나신 고고한 표정도 조금 흔들리려나?"

쾅.

신서진은 저도 모르게 남이준을 뒤로 밀어 버렸다.

갑작스러운 고통에 남이준이 몸을 웅크렸다.

"커억……."

아까까지는 한 치의 흔들림도 없었던 신서진의 두 눈이 크게 일렁이고 있었다.

신서진 본인조차도 이해할 수 없는 감정이었으나, 그는 분명 분노하고 있었다.

감히 그 뻔뻔한 얼굴로 애들의 이름을 입에 올렸단 말이지.

신서진은 그 사실이 참을 수가 없었다.

"죄 없는 그 애들은 건드리지 마."

듣기만 해도 오한이 들 정도로 서늘한 목소리가 신서진의 입에서 흘러나왔다.

"그 자식들 털끝 하나라도 건드리면."

"……."

"그땐 명부의 섭리를 어겨서라도 너는, 반드시 내 손으로 죽일 테니까."

풀썩.

신서진은 남이준을 그대로 내동댕이치고서 텅 빈 교실을 유유히 빠져나갔다.

*　　　　　*　　　　　*

그날로 남이준은 사라졌다. 학생회장의 자리까지 반납하고 난데없이 학교를 자퇴했다고 들었으니 그 행방을 아는 사람은 아마 없을 듯했다.

무대 뒤편에는 CCTV가 없었고, 크게 다친 사람도 없었던 터라 조명 장비 부실로 어영부영 넘어가게 됐다. 기사가 몇 개 뜨긴 했으나 서울예고 이사장 측에서 일이 커지는 걸 바랄 리 없었다.

그냥 '친구를 몸을 던져 살려 준 의리의 라이징 스타' 이쪽에 초점을 맞춰 넘어가고 싶었던 모양이었다.

그리고 남이준은……

"하."

남이준 그 녀석은 어딘가에서 마음을 졸이고 있겠지만, 굳이 따라갈 이유는 없었다.

그 녀석에게도 말했던 대로 곧 죽을 예정이다. 어디선가 처박혀서 죽어 가겠지.

그 자체로 따지고 보면 안쓰러운 인생이기도 했으므로.

신서진은 쌉쌀한 미소를 흘렸다.

지금은 그런 것들보단, 눈앞에 놓인 것에 집중하기로 했다.

바로 이 비타 300 박스.

"흐음……"

최성훈을 구해 준 게 고맙다며 그의 부모들이 몰래 불러서 신서진에게 건넸던 것이었다.

처음엔 잘 챙겨 먹으라고 준 음료수 선물인가 싶었는데, 아무래도 무게를 보아하니 그건 아닌 거 같다.

트드득.

커터 칼로 단번에 음료수 상자를 그은 신서진은 천천히 상자 뚜껑을 열었다.

그리고, 그 아래에 모습을 드러내는 이 세계의 화폐.

5만 원짜리 신사임당이 수북이 쌓여 있었다.

"오호."

이런 게 어른들의 보답인가.

슬슬 돈에 쪼들리고 있던 터라 금이라도 팔아야 하나 고민하던 찰나였는데 잘됐다.

21세기 화폐는 복잡해서 조작하기도 힘들더라.

흐으음.

신서진은 흐뭇한 성의에 감탄하며 콧노래를 흥얼거렸다.

"가만 보자, 이게 얼마지?"

신도 돈은 좋아!

촤르륵.

신서진은 아예 작정하고 바닥에 앉아 돈을 세기 시작했다.

올림포스의 신치곤 제법 궁상맞은 뒷모습이겠지만, 어느새 자본주의에 진심이 되고 말았다.

"하나, 둘, 셋……."

멀리서 봤을 때는 제법 수북해 보였는데 몇 번 세기도 전에 금세 바닥이 난다.

두툼해 보이는 저 지폐는 총 600장이고.

그렇다면…….

3천만 원.

머리를 긁적이며 아쉬움을 달랬다.

아이, 참.

"되게 소박하네……."

*　　　　*　　　　*

퇴원 후, 첫 등교 날.

남이준이 자퇴 처리를 하는 동안, 신서진은 병원에서 필요 없
는 휴식을 취해야 했다. 아무리 멀쩡해 보여도 다친 곳이 있을
수 있다며 염려하는 선생들 때문에 나올 수 없었던 학교를 오랜
만에 찾았다.

신서진이 1층 복도에 들어서자마자 시끌시끌한 학생들의 목소
리가 들려왔다.

의리 있는 라이징 스타, 라는 새 호칭과 함께 연예계 기사를
여기저기 장식했고, 그 위험천만한 광경을 눈앞에서 직관한 학
생들도 많았다.

그 전엔 그냥 미친 또라이였다면…….

"대박. 신서진이다!"

이젠 멋있는 또라이가 되어 버린 것이다.

"꺄아아아!"

신서진을 거의 기사나 무대에서만 접해 온 1학년 후배들은 냅다 비명을 내질렀다.

친하진 않았지만 얼굴만 알고 지냈던 같은 학년 여자애들도 우르르 이쪽으로 몰려왔다.

흡사 모세의 기적처럼, 신서진이 오자마자 갈라지는 복도.

'이 정도의 환영 인사는 필요 없는데.'

신서진은 머쓱해하면서도 태연하게 복도를 걸었다.

"신서진 맞지?"

"너, 괜찮아?"

"조명을 딱… 받아 낸 거 너 맞지? 멋있더라."

두 눈을 반짝이면서 자신을 졸졸 따라오는 무리들.

신서진은 옆에 착 붙어서 이것저것 물어 오는 동급생들을 무시하고 복도 끝으로 향했다.

데뷔 클래스 전원 공지 사항이 있다길래 학교를 찾았고, 볼일만 보면 그만이다.

관심 덕에 지팡이의 빛 가루가 채워지는 것은 좋았으나 미미한 수준일 뿐이었다.

'신서진, 제발 이미지 좀 지키라고!'

싸가지 없이 다니지 말고 제발 어딜 가서 인사는 하라던.

유민하의 말이 떠올라 어색한 미소를 지으며 고개를 끄덕였다.

그런 그가 계단을 올라, 데뷔 클래스 연습실 앞에 섰을 때였다.

"안녕?"

신서진은 자신을 부르는 목소리에 고개를 돌렸다.

머리까지 발끝까지 멀끔히 차려입은 양복에, 반만 살짝 까고 있는 머리. 훤칠한 키의 남자가 복도 끝에 서 있었다. 어디서 많이 본 얼굴인가 싶었더니…….

아.

'JS 엔터 사람이었나.'

신서진은 뒤늦게 미간을 찌푸렸다.

"저분, 기획사 사람 아니야?"

"신서진 보러 온거야?"

"미친. 내가 그럴 거라고 했잖아. 뉴스가 그렇게 터졌는데 기획사 컨택이 안 올리가 없지."

"와……. 그래도 SW 가지 않을까? 데뷔반인데."

자신을 따라온 학생들이 웅성대며 자리를 비키기 시작했다.

뒤에서 조잘대는 말들을 신서진이 전부 알아듣진 못했지만, 눈앞의 남자는 명확하게 호감을 표하며 신서진에게 다가왔다.

여기서 신서진이 올 때까지 꽤 오래 기다린 모양이었다.

JS 엔터의 조승현 실장.

"무대 인상 깊게 봤는데."

그가 웃으며 말을 더했다.

"음, 물론 조명 막는 걸 더 인상 깊게 보긴 했지만."

"감사합니다."

"우리 회사 들어올 생각은 없나?"

서울예고의 중심부에서 당당히 하는 캐스팅.

지켜보고 있는 학생들도 많았기에 사방에서 탄성이 터져 나왔다.

"신서진 JS 들어가냐?"

"미친. 저기도 대형이잖아."

"야, 잠깐만. 눈에 띄면 우리도 데려가 주냐?"

부러움의 시선들이 이쪽으로 모인다.

조승현 실장은 명함을 꺼내 들고선 싱긋 웃어 보였다.

아무래도 저 시선들을 즐기는 듯했다.

"우리 회사도 그리 나쁜 곳은 아니야. 나를 굴려서 그렇지, 아티스트들한테는 잘하거든. 이 바닥에서도 꽤 클린한 편이고. 아마 후회할 선택은 아닐 거다."

나쁜 사람이라고 생각하진 않지만, 일단은 보류다.

"글쎄요. 더 생각해 볼게요."

"뭐, 바로 오케이 하는 애들은 흔치 않은 편이지."

성급하게 결정하고픈 마음은 없었기에, 신서진은 태연하게 고개를 저었다. 조승현 실장은 그럴 줄 알았다는 듯이 크게 상처를 받은 얼굴은 아니었다.

대신, 담담한 목소리로 말을 뱉었다.

"아, 김성만 팀장도 너를 찾더구나."

"그게 누구……."

고개를 갸웃거리던 신서진은 뒤늦게 그 이름을 생각해 냈다.

'원래 다섯이서만 무대 하다가 처음으로 두 명이 하는 거 같은데. 제가 전반적으로 봤을 땐, 다섯 명 중에서 저 친구가 능력치가 가장 떨어지넌데 왜 같이하셨는지 궁금히네요.'

최성훈에게 막말을 쏟아 냈던, 에어팝스 그 인간.

그닥 좋은 기억은 아니었기에 신서진은 인상을 찌푸렸다.

"뭐라 그러던가요?"

조승현 실장은 잠시 기다리는 듯 손짓하더니 그 자리에서 전화를 걸었다.

에어팝스의 김성만 팀장이 빠르게 전화를 받았다.

딸깍.

수화음이 끊기자마자 조승현 실장은 신서진을 힐끗 보고선 물었다.

"전화 연결할래?"

ㅡ무슨 일로 전화 주신…….

김성만 팀장의 다급한 목소리가 수화기 너머로 울려 퍼졌고.

ㅡ일 처리를 그따위로밖에 못 하냐, 이 등신 새끼야!

"저런."

에어팝스 사장인 것 같은 목소리가 겹쳐 들리면서, 전화는 바로 끊어졌다.

조승현 실장은 못 말린다는 듯 고개를 절레절레 저었다.

"뭐, 이런 상황인가 본데. 전화 받을 상황은 아닌 것 같네. 하여간 깡패 회사들이란……."

조승현 실장이 웃길래, 어이가 없어서 따라 웃었다.

그새 쉬는 시간이 끝난 학생들은 저마다 교실로 돌아갔고, 복도에는 조승현 실장과 신서진. 둘만이 남았다.

조승현 실장은 고개를 까닥이며 말을 뱉었다.

"그래, 너도 들어가라."

으음.

신서진은 그답지 않게 잠시 머뭇거리다가 입을 뗐다.

"궁금한 게 하나 있는데요."

"뭐지?"

"지난번, 저희 무대."

끝까지 보여 주지 못했던 그 무대.

최성훈이 온힘을 다해 준비했고, 자신 역시 모든 것을 쏟아부었던 그 무대.

제대로 된 평을 듣지 못해 아쉬움이 남아 있었다.

인간들의 평가란 하등 쓸모없다 느꼈던 시절이 있었으나.

지금은 인간들의 음악을 하게 되었고.

즐기게 되었으며.

무엇보다 진심이 되었다.

그렇기에, 신서진은 여느 평범한 연습생처럼 심사 위원이었던 그에게 물었다.

"좋았나요?"

잔뜩 기가 죽어 있는 물음은 아니다.

어딘가 당찬 구석이 있어 보이는 신서진의 눈빛을 바라보며, 조승현 실장은 웃었다.

끝까지 보지 못했다는 게 아쉬웠던 무대.

조승현 실장은 고개를 끄덕이며 말했다.

"상업적으로도, 서사적으로도, 대중적으로도."

아니.

"개인적으로도 끝내주는 무대였다."

조승현 실장은 신서진을 향해 악수를 건넸고, 신서진은 이번엔 거절하지 않고 받아들였다.

"감사합니다."

뉴스에서 봤던 또라이 같은 이미지와는 다르게, 평범하게 감사 인사를 하는 신서진이 낯설었지만 원래 그런 모습이려니 했다. 조승현 실장은 여전히 미련이 남는 눈길로 신서진을 빤히 바라보았다.

탐이 나는 인재였다.

서울예고가 아니었으면 당장 채 갔을 정도로.

"아."

그렇다면, 이 정도 조언은 해 줘도 되지 않을까.

잠시 갈등하던 조승현 실장이 입을 열었다.

"요새 업계에 소문이 도는데 말이다."

"……?"

"너네 학교, 당분간 조금 시끄러울 거다."

"네?"

조승현 실장은 그 말만 뱉고는 씨익 웃어 보였다.

"영 아니꼽다 싶으면 우리 회사 오라고."

*   *   *

데뷔 클래스반 공지 사항은 예상대로였다.

조명 사고로 인해 데뷔 클래스 기말 평가가 중간에 멈춰 버렸으니 재평가를 실시한다는 소식.

이미 한 차례 갈려 나갔던 학생들의 분위기는 침울 그 자체였다.

유민하가 툴툴대며 신서진에게 물었다.

"너는 별생각 안 들어?"

"글쎄. 한 번 더 준비한다고 뭐가 달라지나?"

"여러모로… 참 대단하다."

욕인지 칭찬인지.

알 수 없는 유민하의 말에 피식 웃었다.

기말 평가 준비로 며칠 밤낮을 새웠던 애들은 그때의 악몽을
되새기고 싶지 않은지 벌써부터 축 처져 있었다.

자신에게는 해당되지 않는 일들이었다. 연습 좀 빡세게 했다
고 쓰러질 리도 없고, 겨우 이 정도 일에 멘탈이 갈리진 않는다.

뭐, 그렇다고 한 번 더 하고 싶던 건 아니었긴 해.

다만 지금은 그것보다 신경 쓰이는 말이 따로 있었을 뿐이다.

'너네 학교 당분간 조금 시끄러울 거다.'

신서진은 조승현 실장이 했던 말을 머릿속으로 곱씹었다.

뭔 일이라도 터질 것처럼 예고하는 뉘앙스였는데. 이쪽 업계
에서 돈다는 소문이 무엇인지 알 리가 없었다.

물론, 그것을 알기까지는 그리 오랜 시간이 걸리진 않았다.

3학년들 틈에서 시끌시끌한 얘기가 들려왔기 때문이었다.

"이번 재평가 때 데뷔 클래스 인원 는다는 거, 들었어?"

"뭐? 새로 인원 뽑는 기간도 아니지 않아?"

"이번에 2학년생들 셋이나 들어왔잖아. 갑자기 거기서 추가로
인원을 뽑아? 예고도 없이?"

"누가 들어오는데? 몇 학년? 3학년 중에선 별말 없던데."

유민하 역시 뒤에서 하는 말을 들었는지 표정이 굳어졌다.

"저게 무슨 소리야? 갑자기 누가 들어와?"

"⋯뉴비가 오나 본데."

"그렇게 태연할 일이 아니거든? 뉴비⋯ 라는 말은 또 어디서 배웠어?"

"인터넷에서."

데뷔 클래스에 사람이 더 들어온다는 건 필히 한 사람 이상 퇴출된다는 소리라며, 유민하는 차갑게 식은 얼굴로 말을 더했다. 다들 달갑지 않게 생각하는 건 그런 이유에서였나.

그때였다.

긴 생머리를 찰랑거리며 한시은이 이쪽으로 걸어왔다.

살벌한 분위기 속에서도 늘 여유로운 미소를 짓고 있는 얼굴. 한시은은 어깨를 으쓱이며 신서진의 앞에 섰다.

"어째⋯ 뒤숭숭하네. 그렇지?"

"선배, 선배도 저거 알고 있었어요?"

유민하가 걱정스러운 눈길로 한시은을 올려다보았다.

데뷔 클래스에 들어온 지 얼마 안 된 입장이다. 들어오자마자 팅겨 나가는 건 아닌가 하는 걱정은 당연한 것이었다. 유민하는 조급한 표정으로 침을 삼켰다.

한시은 선배는 대수롭지 않다는 듯 고개를 끄덕였다.

"어, 이사장 조카래."

"네?"

"서울예고 이사장, SW 엔터 임원이시기도 하지. 그분 조카가 다른 엔터 아이돌 연습생 했었다더라."

저걸 어떻게 알고 있는 건지는 모르겠다만.

워낙 발이 넓은 양반이니 이상할 건 없었다. 한시은 선배는 혀를 차며 말을 더했다.

"이번에 서울예고 편입시킨 거 보면 여기서 데뷔시킬 생각인가 본데."

"편… 편입해서 들어온 거예요? 아니, 우리 학교 편입… 도 힘든데."

어딘가 구린 구석이 분명 있긴 했다.

한시은 역시 그렇게 생각하긴 하는지 그리 반가운 낯빛은 아니었다.

"으음……."

어차피 데뷔 클래스에서 방출되기엔 압도적인 기량을 가지고 있는 한시은이다. 그러니, 저 감정은 혹여 밀려날까 불안한 감정은 아니었다.

오히려, 그 이사장 조카라는 녀석한테 가지고 있는 개인적인 감정인 것 같았다.

한시은 선배는 한숨을 푹 내쉬며 말을 뱉었다.

아무래도 걱정되는 사람이 하나 있다.

"건너 건너 소문 듣기로는 한 성깔 한다던데, 조심해."

그리고는 신서진을 슬쩍 돌아보며 덧붙인다.

"원래 가진 게 많은 애들이 더해."

*　　　　　*　　　　　*

대형 엔터까진 아니지만 제법 규모가 있는 축에 속했던 루디올 엔터.

서하린은 루디올에서 4년간 연습생으로 지냈다. 충분한 경험이 있었고, 자신감이 있었다.

다른 예고를 거쳐 서울예고를 편입한 이유는 하나였다.

'데뷔는 SW 엔터에서 해야지.'

루디올 엔터에서의 기억이 그리 좋지는 않았다. 사람은 역시 큰물에서 놀아 봐야 한다고, 기왕이면 대형 엔터를 가는 쪽이 낫지 않나. 인맥도 있는 이상, 이쪽이 데뷔하는 데에도 더 편할 것이라 여겼다.

편입하자마자 데뷔 클래스는 내정되어 있는 셈이니, 별로 걱정도 되지 않았다.

판은 깔렸고, 날아오르기만 하면 되는 거 아닌가?

타고난 재능과 뒷배경 덕에 서하린은 위기감을 느껴 본 적이 없었고, 앞으로도 그럴 일은 없을 거라 자신했다.

"어차피 다 고만고만한 애들일 텐데, 뭐."

이미 데뷔해 본 녀석들을 제외하고는 경험도 부족한 풋내기들일 것이 뻔했기에.

서하린은 자만심 가득한 눈빛으로 복도를 훑었다.

소문을 듣고 나온 학생들이 뒤편에서 수군대기 시작했다.

"편입생이야?"

"이사장 조카라는 그 애, 맞지?"

소문은 그새 3학년뿐만 아니라, 2학년과 1학년까지 퍼져 있었다.

수군수군.

"이사장이 뒷돈 주고 강제로 입학시켰다던데, 진짜야?"

"이사장 빽로 들어온 건 맞겠지. 조카라던데……."

말도 안 되는 루머까지 돌고 있었다.

2학년 A반에 편입 예정이었던 서하린은 불쾌하다는 듯 뒤를 확 돌아보았다.

안 들리게 저들끼리 수군대던 중이었는데 막상 당사자가 돌아보니 크게 당황한 얼굴.

"하."

서울예고 연극영화과. 애초에 같은 과도 아닌 명찰이 서하린의 눈에 들어왔다.

살짝 서하린의 눈치를 살피던 연영과의 학생은 서하린을 힐끗 보고선 애써 당당한 표정을 지었다.

그러고는 헛기침을 하며 말을 더했다.

"네 얘기 아닌데."

상대가 같은 학년의 유민하였다면, 절대 보일 수 없는 태도였다.

하지만, 눈앞의 편입생은 연영과 여학생의 눈에는 조금 만만해 보이는 얼굴이었다.

'이사장 조카라길래 긴장했더니.'

자연 갈색인 생머리. 어깨까지 오는 찰랑거리는 머리는 청순한 분위기를 자아냈고, 살짝 발그레한 두 볼은 전반적으로 귀여운 인상이었다. 어디 가서 심한 소리 한번 못 할 것 같은 순두부 같은 얼굴상.

서하린은 그녀의 예상대로 별말 없이 지나칠 모양이었다.

아니, 그러리라 생각했었다.

서하린의 표정이 싸늘하게 식기 전까지는 말이다.

도각도각.

서하린은 망설임 없이 연극영화과 학생이 있는 쪽으로 걸어갔다.

두 눈이 열심히 굴러가는 걸 보니 뒤늦게라도 눈치를 살피는 듯싶은데.

'뭐 이딴 게 다 있어?'

이미 꼭지가 돌았다.

서하린은 주머니에 손을 찔러 넣고선 주변을 스윽 돌아보았다.

심상치 않은 분위기를 감지한 구경꾼들이 그새 늘었다.

이래서야 제대로 갈굴 수도 없잖아.

물론 그렇다고 갈구지 않는다는 소리는 아니지만.

"야."

"어… 어? 왜?"

순두부 같던 얼굴이 막말을 뱉어 낸다.

"아주 지랄들이네?"

찬물이라도 끼얹은 것처럼 복도가 조용해진다.

연영과의 여학생은 당황한 듯 말을 더듬거렸다. 만만해 보이던 편입생의 입에서 이렇게 걸걸해 보이는 말이 나올 줄은 몰랐기 때문이었다.

"뭐… 뭐?"

"개지랄도 이런 개지랄이 따로 없네. 야, 너 꼽냐?"

"……."

"야, 불편하면 면전에 대고 말을 해. 그럴 용기는 없고, 뒤에서 씹어 댈 용기는 충분하지? 첫날부터 재수가 없으려니깐. 이학교엔 이런 또라이들밖에 없어?"

서하린은 인상을 찌푸리며 연극영화과 여학생을 툭 밀어 버렸고, 하필이면 힘 조절에 실패했다.

"꺄아아악!"

그대로 바닥에 엎어져 버린 연영과 학생.

옆에 있던 친구들까지 끼어들면서…….

예상대로 개싸움이 났다.

"사실이잖아!"

"증거는 있으시고?"

"첫날부터 깽판 친 건 너잖아. 너, 깡패야?"

"너는 양아치냐? 사람이 멀쩡히 지나가는데 시비를 걸어?"

연극영화과 애들도 실용음악과에 밀리는 건 죽어라고 싫어하니, 조금도 져 주지 않는 설전이 이어졌고.

미친 듯한 말빨은 서하린이 한 수 위였다.

"네 주둥이에서 튀어나온다고 그게 다 말인 줄 아니? 인간은 원래 할 말 못 할 말은 가려 가면서 하는 거야. 되는 대로 뱉는 게 아니라."

"이… 이… 무슨 이딴 게……."

"한 대 치시든가!"

주먹만 오가지 않았지, 이미 사람 하나 때려눕힐 듯한 눈빛을 하고 마주 본다.

유민하처럼 한 성격 하는 애가 새롭게 A반에 들어왔다고 생각했다.

하지만, 싸움을 직관하던 이들은 머지않아 그 예상이 틀렸다는 걸 예감했다.

"와, 장난 아니게 살벌하네."

유민하 같은 애가 아니라…….

유민하의 캡사이신급 매운맛 버전이 아닐까.

서하린의 험한 말이 복도 위로 울려 퍼졌다.

"아, 개빡치네, 진짜."

순두부 같은 얼굴로 가감 없이 내뱉는 욕설.

많이 해 봤는지 상당히 찰진 딕션에 이유승은 벽에 기댄 채혀를 찼다. 안무 연습에 열중하고 있던 중, 하도 시끄럽길래 나와 봤더니 저 광경이 펼쳐지고 있었다.

"이야, 학교 생활이 갑자기 막 재밌어졌네."

"싸움 구경이 가장 재밌긴 하지."

최성훈도 아이스크림을 한 입 베어 물고선 혀를 찼다. 팔짱을 낀 자세로 능청스럽게 말을 뱉었다.

"머리끄댕이는 안 잡네, 그래도."

"아아아악!"

"…잡네."

결국 저 지경까지 가냐.

등교 첫날부터 다른 의미로 새 역사를 써 내려 가는 이사장 조카의 등장.

화려하다 못해 눈이 부실 정도로 임팩트 있는 등장이긴 했다.

최성훈은 걱정하는 눈길로 이유승을 돌아보았다.

"너, 쟤랑 같은 데뷔 클래스라며?"

"제발 유민하랑은 멱살 잡고 싸우진 않았으면 좋겠는데."

최성훈과 이유승은 고개를 저으며 탄식을 뱉었고.

그때였다.

탁.

연극영화과 여학생의 멱살을 잡으려던 서하린은 갑자기 붙들린 손목에 크게 당황했다.

정신없이 싸워 대느라 코앞에 불청객이 서 있었다는 걸 뒤늦게 알아챘다.

"뭐야?"

연습실에 들어가려는데 길이 막혔고.

와 보니 험한 말을 주고받으며 대판 싸우고 있길래.

그저 잡았을 뿐이다.

신서진은 한숨을 내쉬며 혀를 내둘렀다. 조승현 실장의 원래 의도가 어땠는지는 알 수 없으나, 그 말이 머릿속에서 오버랩 되기 시작했다.

"학교가 당분간 시끄러울 거라 하더니…… . 진짜 더럽게 시끄럽네."

평범한 인간처럼 보였는데 예언자였나.

신서진은 미간을 꿈틀대며 나직이 중얼거렸다.

한 성깔 하는 순두부가 손목이 붙들렸으니 가만있을 리 없다.

서하린은 갑자기 등장한 불청객을 보며 표정이 일그러졌다.

"이거 놔."

"……."

"이거 놓으라고!"

별로 힘을 주고 있지는 않은 것 같은데, 이상하게도 손에 힘이 전혀 들어가지 않는다.

마치 눈앞의 저 또라이한테 아무런 반항도 하지 못할 것처럼.

툭.

신서진은 서하린을 잡고 있던 손을 놓았으나, 여전히 알 수 없는 눈빛을 하고 있었다.

그 태연함과 여유로움이 왜인지 기분이 나빴다.

이 학교에서 대적할 사람이라곤 없다 생각했는데.

처음으로 범상치 않은 녀석을 만났다는 직감이 들었다.

어디서 본 얼굴 같기도 한데.

설마 같은 데뷔 클래스는 아니겠지.

서하린은 이를 악문 채 신서진을 똑바로 노려보았고.

싸늘하게 말을 뱉었다.

"너 뭐 하는 애야."

신서진은 어깨를 으쓱이며 답했다.

제대로 된 제 정체성을 밝힐 수는 없으니, 이 학교 사람들이 부르는 호칭에 따르면…….

음.

"갓서진?"

"뭐?"

"신이라고."

저걸 지 입으로······?

서하린의 머릿속에 물음표가 띄워졌다.

*　　　　*　　　　*

데뷔 클래스 반 연습실.

정기태 선생은 모든 소란이 정리되고 나서야 연습실의 문을 열었다.

데뷔 클래스 애들은 이사장 조카라는 서하린의 등장에 뒤숭숭한 분위기였다.

그리고 묘하게 얼어붙은 연습실의 공기를 정기태 선생이 눈치채지 못할 리는 없었다.

서하린은 저들끼리 수군대는 3학년들을 날이 선 눈빛으로 쏘아보긴 했지만 여기서까지 멱살을 잡을 생각은 없어 보였다.

만만치 않은 신입이 들어왔구만.

자신이 여기에 평생 붙어 있을 것도 아니고, 임시로 온 선생이니 이사장 조카이든, 교장 조카이든 알 바는 아니다. 정기태 선생은 꼿꼿이 허리를 펴고 서 있는 뉴 페이스의 얼굴을 힐끗 보고는 별다른 말 없이 본론으로 들어갔다.

"기말 재평가 관련 소식이 있다. 방식을 지금부터 설명할 예정이니까 잘 들어라."

뉴 페이스에 대한 관심보다 중요한 건 데뷔 클래스 생존이다.

정기태 선생의 묵직한 한마디에 연습실이 대번에 조용해졌다.

와중에도 사방을 두리번거리는 사람은 있었다.

데뷔 클래스 녀석들이 못내 신경쓰이는지 여전히 눈치를 살피고 있는 서하린.

그녀의 차가운 시선이 자꾸 이쪽으로 향했다.

중간중간 계속 노려보는 느낌인데.

눈도 좀 충혈된 것 같애.

신서진은 웰빙 뉴스에서 봤던 내용을 주워섬겼다.

"저 친구… 안구건조증 있는 거 같지 않아?"

유민하는 질색하며 신서진의 말을 받아쳤다.

"건조증 올 정도로 너 죽이고 싶어 하는 눈빛인데. 확실히 저렇게 노려보면 곧 안과 가야 할 것 같다."

한 성깔 한다는 이사장 조카에 대한 얘기는 한시은 선배에게 이미 들었다. 생긴 건 착하게 생겼어도, 실제 성격은 정반대인 모양이었다.

물론 그렇다고 해도 너무 살벌하게 노려보는 느낌인데.

설마.

유민하는 인상을 찌푸리며 신서진을 돌아보았다.

"너, 또 무슨 사고 쳤어?"

"글쎄?"

"그렇게 태연할 일이 아니라니까! 이사장이야, 이사장. 건드려서 좋을 거 하나 없다고……!"

유민하는 목소리를 낮춰 신서진의 귀에 대고 외쳤다.

"저 친구가 이사장이었어?"

"아니, 이사장님 조카. 인간적으로 그런 높은 분 조카는 건드리지 말자, 제발."

"……."

"그래서 뭔 일인데?"

유민하는 걱정스럽게 물었으나, 정기태 선생이 다시 설명을 이어 가면서 어찌 된 일인지 자세하게 알아볼 타이밍을 놓쳤다.

신서진은 늘 그렇듯 생글거리며 정면을 바라보고 있었다.

어쩐지 밖이 시끌시끌 하더니만… 아…….

'뭔 짓을 하고 온 거야.'

유민하는 속으로 가슴을 치면서 시선을 돌렸다.

정기태 선생은 데뷔 클래스 재평가 방식에 대한 설명을 이어 갔다.

"자, 중요한 얘기부터 먼저 시작하자면……. 자작곡에 관한 평가는 이미 너네에게 직접 받은 파일로 마쳤고, 무대 부문에서만 재평가가 이어질 예정이다."

원래는 지난번에 준비했던 무대를 다시 선보이는 것으로 하려고 했으나, 데뷔 클래스에 새로운 인원도 들어온 데다가 한 번 무대를 펼친 학생과 그렇지 않은 학생의 형평성에 차이가 생길 수밖에 없었다.

짧은 시간 안에 완성도 있는 무대를 선보이는 것도 아티스트의 능력이다.

대신 평가 기간이 빠듯하니 자작곡은 제외, 편곡도 제외, 이번에는 오직 커버 댄스만으로 평가할 예정이었다.

"커버 댄스요?"

그 말에 자작곡이 특기인 몇몇의 표정이 어두워졌다.

보컬이 강점인 유민하도 마찬가지였다.

"보컬 비중 높여서 편곡을 못 하잖아."

갑자기 댄스의 비중이 올라가면서 난처해진 학생들이 있었으나, 그것도 잠시일 뿐이었다.

어차피 아이돌을 지망하는 애들이 여기 수두룩한 와중에, 댄스는 모든 퍼포먼스의 기본이다.

굳이 따지면 춤에 약한 애들은 있어도, 춤 못 추는 애들은 여기에 없었다.

"아, 무슨 곡 하지?"

"벌써부터 걱정이네. 스읍⋯⋯."

남은 일주일 만에 무슨 곡을 커버해야 할지 고민하는 낯빛이 여실히 드러났다.

그때, 3학년의 한시은이 번쩍 손을 들었다.

"조 편성은 어떻게 되나요?"

"아, 맞다. 그래도 인원은 변동 없는 거 아니야? 편입생이 들어오면서 너네 다시 열 명 됐지?"

"네에!"

남이준의 공백을 서하린이 채우면서 인원은 다시 열 명이 되었다.

정기태 선생은 건조한 목소리로 말을 뱉었다.

"네 명, 세 명, 세 명 나누면 되겠네. 자유롭게 나눠, 터치 안 할 테니까."

"네, 쌤!"

팀 편성은 자유라는 말에, 애들의 두 눈이 빠르게 굴러가기 시작했다.

이런 중요한 평가에서 조원의 중요성은 절대적이다.

아무래도 기존에 얼굴을 알고 지내던 친구들끼리 조를 짜는 일이 다반사였다.

2학년들을 제외하고, 3학년들은 나름 자기들끼리 모여 다니는 파가 있는 모양이었고.

신서진은 가만히 앉아 있다가 유민하가 어깨에 얹은 손에 고개를 돌렸다.

이쪽도 조가 정해져 있는 건 마찬가지였다.

"그냥 이렇게 하자."

"그래."

유민하, 이유승, 신서진.

에이틴이라는 이름으로 묶인 사이이자, 그간 몇 번의 합을 맞춰 봤으니 그 누구보다 편한 사이가 되었다.

애들이 요란하게 팀을 편성하는 동안, 정기태 선생은 펜대를 돌리며 여유롭게 창밖을 내다보고 있었다.

5분의 시간이 흘렀다.

이만하면 충분한 시간을 줬다고 생각한 정기태 선생은 고개를 돌렸다.

"다들 팀 편성 끝났나?"

―하고 보는데, 혼자 자리를 못 찾아간 사람이 하나 있다.

연습실에 처음 봤을 때 봤던 그 자세 그대로, 꼿꼿이 허리를 편 채 서 있는 한 여자아이.

순하게 생긴 얼굴엔 그렇지 않은 독기가 서려 있었다.

결국, 서하린은 강한 자존심 때문에 그 어느 팀에도 먼저 다가가지 않았다.

애초에 이 학교에 온 지 한 시간도 지나지 않았다. 아는 사람도 없는 데다가 한 성깔 하는 걸 오자마자 보여 줬으니 다들 피하고 싶어 하는 분위기였다.

'들어와 달라고 사정해도 모자를 판국에.'

서하린은 속으로 헛웃음을 지으며 정기태 선생을 힐끗 돌아보았다.

그러고는, 별말 없이 어깨를 으쓱인다.

나는 어쩔 거냐는 듯한 눈빛이다.

"어, 편입생은… 아직 못 정했구나."

정기태 선생은 잠시 고민하더니 벽에 붙어 있는 조로 시선을 돌렸다.

"으음."

답지 않게 잔뜩 눈치를 살피고 있는 이유승과 무슨 곡을 커버할지 벌써부터 머리를 굴리고 있는 유민하. 심드렁한 표정으로 창밖을 내다보고 있는 신서진이 정기태 선생의 눈에 들어왔다.

"같은 학년들이 편하겠지?"

"네?"

정기태 선생이 운을 띄우자마자, 이유승의 얼굴이 새하얗게 질렸다.

떨떠름한 것은 이쪽도 마찬가지였다.

스윽 고개를 돌린 서하린은, 정기태 선생이 가리키는 조에 아까 그 얼굴이 있다는 걸 확인하고선 표정이 구겨졌다.

그래 봤자, 이미 엎질러진 물이다.

"저 조로 들어가라."

동시에, 신서진과 서하린의 눈빛이 마주쳤다.

＊　　　＊　　　＊

한 사람만 들어오지 않았어도 나름 평화로웠을 조였다.

하지만 지금은 전운마저 감도는 분위기였다. 최성훈이 있었다면 이 상황을 조금 풀어 줬을 거 같긴 한데…….

유감스럽게도 이 조합엔 그런 사람이 없었다.

성질머리라면 어디 가서 밀리지 않을 유민하. 그런 유민하조차 이길지도 모를 편입생 싸가지.

이 사이에 껴 있어서 그렇지 만만치 않은 성격인 건 이유승도 마찬가지다.

그리고.

신서진이 있다.

신서진은 태연하게 생글거리며 서하린을 보고 있었다.

아니, 손까지 흔들어 보였다.

"반갑다."

안 반가워!

서하린은 이를 악문 채 신서진의 인사를 무시했다.

의리 있는 라이징 스타니, 포켓돌이니 하길래 대체 어떤 또라이인가 싶었는데.

뒤늦게 기억이 났기 때문이었다.

'그 이상한 애 아니야?'

서울예고 또라이. 기타 들고 날랐던 개또라이.

아까는 열받아서 떠올릴 겨를이 없었는데, 이렇게 가까이서 보니 그 녀석이 맞았다. 너튜브에서 그 영상을 봤었는데, 설마 컨셉이겠지 했다.

그런데 가까이서 보니 충분히 그랬을 만한 놈이었다.

서하린은 자신이 알고 있는 신서진에 대해 평가했다.

직접 들은 적이 없어서 그렇지 노래는 꽤 잘하는 것 같았다.

춤은 그닥이고. 편곡은 조금 할 줄 아는 것 같던데.

사실, 지금은 그 어떤 사실도 중요하지 않았다.

저 개또라이랑 같은 조라는 사실이 중요할 뿐이었다.

속이 부글부글 끓는 와중에, 이유승이 입을 뗐다.

편입생으로 들어온 서하린을 향한 물음이었다.

"너, 춤 잘 춰?"

"어."

서하린은 즉각적으로 말을 뱉었다.

그러고는, 일상이라는 듯 이유승을 도발했다.

"너보다 잘 출걸?"

춤 한정으로는 서울예고에서 극상위권에 속하는 이유승이다.

난데없는 도발에 유민하는 얼굴을 팍 구겼다. 이유승 대신에 받아친 쪽은 유민하였다.

"노래는 잘해?"

"어, 완전."

"으음, 대단하네."

유민하는 무슨 말을 하려다가 말았고, 이유승은 안절부절못하는 기색으로 한숨을 푹 내쉬었다.

루디올 엔터에서 막내였던 서하린이다.

14살에 처음 엔터에 들어가 어린 나이부터 연습생으로 굴러왔고, 엔터에는 어디에서도 밀리지 않을 기 센 인간들이 많았다. 뒤처지지 않으려면 따라잡아야 했고 밀리지 않으려면 강하게 나가야 했다.

솔직히 말해서 나쁜 것만 배워 왔다.

근거 없는 자만심과 거짓된 센 척 같은, 정작 실력에는 도움이 되지 않는 부류의 것들.

서하린은 입가에 미소를 띤 채 당당히 말을 뱉었다.

"모르는 거 있으면 물어봐. 적어도 이 팀에서 짐이 되진 않을 거거든. 짐이 될까 봐 걱정되는 사람은 좀 보이는데……."

서하린은 신서진을 스윽 돌아보고선 어깨를 으쓱였다.

그 순간이었다.

저런.

"깝치는구나."

인자한 목소리가 훅 치고 들어왔다.

아니, 너무 인자해서 순간… 칭찬인 줄 알았다.

응?

내가 뭘 들은 거지?

"…뭐? 너… 너… 뭐라고 했어, 방금?"

욕부터 나왔어야 했는데 당황해서 뱉지도 못했다.

서하린은 잘못 들은 건가 싶어서 두 눈을 끔뻑였다.

아, 맞다.

요즘은 이런 식으로 말 안 하던데.

신기한 접두어를 붙이던 요즘 말을 떠올리며, 신서진은 말을 정정했다.

"개깝치네."

"야!"

그걸 코앞에서 직관한 이유승은 입을 틀어막았고, 유민하는 그럴 줄 알았다는 듯 해탈의 웃음을 터뜨렸다.

'신서진은… 참지 않지.'

정작 폭탄 발언을 한 당사자는 태연할 뿐이다.

"개깝쳐? 너 죽을래? 제정신이야?"

얼굴이 붉어진 채 날뛰는 서하린을 보면서, 신서진은 머리를 긁적였다.

저리 잔뜩 화나 있는 것을 보면 방금 전 말도 실수였나?

역시 요즘 말은 어렵다.

신서진은 서하린에게 사과할 생각으로 다급히 말의 뜻을 찾았다.

"아, 이럴 때 쓰는 말이 아닌가?"

뒤적뒤적.

혹시나 싶어 휴대전화를 꺼낸다.

인터넷을 열어 정의를 검색해 본 신서진은 고개를 갸웃거리며 말했다.

자기 분수에 맞지 않게 자꾸 까불거나 잘난 체하는 행동이
라⋯⋯.

어라?

"이럴 때 쓰는 말이 맞는데?"

"야, 이 개자식아!"

서하린을 두 번 죽이고 말았다.

Chapter. 4

한편, 그 모습을 멀리서 지켜보고 있는 선생들이 있었다.

"상당히 열정적이네요."

안타깝게도 다른 학생들의 목소리에 섞여 제대로 된 내용은 들려오지 않았다.

열띤 토론의 현장이라 착각한 정기태 선생은 담담히 말을 뱉었다. 조심스레 뒷문으로 들어온 최서연 선생 역시 그러네요, 하며 긍정했다.

인기척이 느껴지길래 뒤를 돌아보니 주영준 선생까지 와 있다.

데뷔 클래스 학생들의 재평가에 이토록 관심이 많은 이유는 하나였다.

"탐나는 학생이 있으신가 보네요."

정기태 선생은 담담히 말을 뱉었다.

데뷔 클래스는 1학기가 끝날 때 지도 선생이 정해진다. 일반 학생들과 달리 데뷔 클래스 학생들에겐 방학 동안 일대일 주도 수업이 진행될 예정이고, 학생들이 직접 지도를 맡아 줄 선생을 선택할 수 있었다.

슬슬 다른 선생들도 눈독을 들일 시간이다.

최서연 선생은 숨김 없이 격하게 고개를 끄덕였다.

"네, 물론이죠?"

"어떤 학생이 눈에 들어오던가요?"

푼수기가 있는 성격이긴 해도 학생들은 섬세하게 잘 가르치는 최서연 선생이다. 그녀의 전공은 보컬 트레이닝이었다. 그렇기에 자연히 보컬 강세인 학생에게 눈길이 갈 수밖에 없다.

잠시 망설이던 최서연 선생은 웃으며 솔직하게 말했다.

"유민하요."

"아, 하긴 그럴 만한 친구죠."

"주영준 쌤 반 학생이죠? A반에서도 보컬 가장 잘해요?"

"데뷔 클래스도 보컬로… 들어온 녀석이긴 하니까요. 이 친구가 보컬에만 강점이 있는 것도 아니고, 두루두루 잘하는 친구죠."

주영준 선생은 그답지 않게 칭찬을 늘어놓았다.

유민하에 대해선 딱히 지적할 점이 없었다. 최서연 선생뿐만 아니라 다른 선생들도 눈독을 들일 만한 친구다.

지도 학생의 데뷔와 성공은 선생들 사이에서도 꽤 중요한 경력이다.

특히 날고 기는 선생들이 모여 있는 서울예고에서는 자존심과도 같은 부분이었다.

아직 서울예고에 온 지 얼마 되지 않은 최서연 선생은 열정이 넘쳤다. 유민하를 반드시 사수하겠다는 듯 두 눈이 반짝 빛났다. 유민하가 있는 조를 빤히 쳐다보고 있던 최서연 선생이 역으로 물었다.

"아, 정기태 선생님은 어떤 학생이 탐이 나세요?"

아까부터 줄곧 별말 없이 학생들만 보고 있던 정기태 선생이다.

주영준 선생 역시 궁금하다는 듯 고개를 돌렸다.

작곡 담당의 정기태 선생. 그러면 래퍼 지망에 작곡에도 소질이 있는 3학년의 강도윤을 고르지 않을까.

그렇게 추측했던 주영준 선생은 이어지는 말에 퍽 당황했다.

정기태 선생의 눈빛이 알 수 없이 반짝였다.

"신서진이요."

"네?"

천재적인 감각을 타고난 아이.

예기치 못한 사고로 신서진의 무대가 중간에 끊겼지만, 아직도 무대의 한 장면, 한 장면이 머릿속에 생생했다.

끼와 재능을 고루고루 갖춘 녀석이다.

조금 과장을 보태서, 지난 평가에서 정기태 선생은 신서진밖에 보이지 않았다.

그렇기에 정기태 선생은 확신에 찬 눈빛으로 답했다.

"탐나는 친구라서요."

"……"

그 말에 주영준 선생은 쉽사리 입을 떼지 못했다.

"아… 그랬습니까."

중간에 낀 최서연 선생은 묘한 기류에 둘의 눈치를 살폈다.

표정을 숨기지 못하고 딱딱하게 굳어 버린 얼굴과 어색한 웃음.

주영준 선생의 낯빛을 천천히 훑어보던 최서연 선생의 두 눈이 동그래졌다.

설마.

최서연 선생은 떠보듯 물었다.

"주영준 쌤은요?"

주영준 선생은 떨떠름한 표정으로 말을 뱉었다.

겹칠 줄은 몰랐는데.

"저도 그렇네요."

＊　　　＊　　　＊

살얼음판을 걷고 있는 조별 평가의 현장.

간신히 진정된 분위기 속에서 이유승이 다시 입을 열었다.

어찌 되었건 남은 기간은 일주일이고, 여기 있는 전부가 무사히 평가를 통과해야 하는 입장이다. 조금 삐걱거리긴 해도 목표가 같은 이상 협조할 수밖에 없었다.

서하린은 여전히 신서진을 쏘아보고 있었지만, 금세 기세를 죽였다.

"무슨 곡 할 거야?"

"지금부터 정해 보자. 시간 별로 없어."

유민하는 시계를 힐끗 확인하고선 다급히 말을 뱉었다. 다른 조들은 벌써 슬슬 선곡을 마친 모양이었다. 투닥거리는 데 사용

할 시간은 이제 없다.

"우리가 하는 거 커버 댄스 평가야. 지정곡도 없고, 딱히 규정된 스타일도 없어. 그래서 선곡을 어떻게 하냐가 평가에 엄청 좌우될 거라고 봐."

유민하는 현실적인 말과 함께 의견을 더했다.

"컨셉부터 확실히 잡고 가자. 선곡은 그거 맞춰서 해도 괜찮고. 다들 보여 주고 싶은 거 있어?"

"안무가 돋보일 만한 곡. 뭐, 당연한 소리이긴 한데, 나는 조금 파워풀한 곡도 괜찮을 거 같다."

이유승의 말에 서하린이 손을 들었다.

"딱 생각나는 곡 하나 있네."

서하린은 주머니에서 휴대전화를 꺼내었다. 말로 하는 것보다는 행동파에 가까운 성격인지, 한마디를 뱉고선 바로 노래를 재생한다.

"여자 아이돌 노래인데, Black shot이라는 곡이야."

쾅.

깜짝이야.

음악을 재생시키자마자 하드한 비트 소리가 울려 퍼진다.

신서진은 당황한 얼굴로 뒤늦게 음악에 집중했다.

미친 듯이 몰아치는 도입부, EDM 비트를 연상시키는 클럽 사운드. 슬쩍 너튜브에서 안무 영상까지 찾아 띄운 걸 보니 이유승이 말한 파워풀한 곡의 표본이긴 했다.

서하린은 고개를 까닥이며 리듬을 타기 시작했다.

그러고는, 어느 정도 안무 구상이 끝났는지 만족스러운 얼굴로 너튜브 영상을 손으로 가리킨다.

"봤지? 여자 아이돌 곡 중에선 파워풀로는 탑 5 안에 들 만한 곡이지."

안무 난이도도 높고, 스킬도 꽤 많이 요하는 편이라.

제대로 추기만 하면 그림은 나올 거라고 확신의 말도 더했다.

유민하는 나쁘지 않다고 생각하는 것 같았지만 걱정스러운 얼굴로 물었다.

"조금 어렵지 않아?"

"나는 자신 있어. 물론, 걱정되는 사람이 없는 건 아닌데."

여전히 신나게 깝치는 중이다.

저런.

저것도 가만 보면 천성이라니까.

유민하는 어련하시겠어요, 하는 눈빛으로 혀를 찼고 신서진도 크게 다르지 않은 반응이었다.

잠시 고민하던 유민하는 고개를 돌려 신서진에게 물었다.

"신서진, 너는 어떻게 생각해?"

유민하의 질문에, 서하린이 툭 팔짱을 낀다.

어떻게 대답하나 보자, 뭐 그런 얼굴인데.

"나는 반대야."

신서진의 대답은 이러했다.

아.

유행하는 접두어도 덧붙였다.

"개별로인 듯."

"야!"

　　　　*　　　　　*　　　　　*

아무래도 사사건건 부딪힐 듯싶었다.

어느 정도 수긍할 줄 알고 넘어가는 유민하와 달리, 서하린은 자존심을 굽히지 않는 성격이었고.

유감스럽게도 그건 이쪽도 마찬가지란 말이지.

서하린은 말랑한 얼굴을 찡그리면서 한숨을 폭 내쉬었다.

"그래, 들어나 보자! 왜 반대하는 건데? 네가 못 출 것 같아서?"

"응."

"…뭔데 쉽게 인정하는 거야?"

사실이다.

딱 봐도 어려워 보이는 것을.

관절도 약한 주제에 저런 걸 추니까 무릎이 가라앉는 거다.

신서진은 속으로 혀를 차면서 고개를 저어 보였다.

"무리하게 진행하는 것보다는 타협점을 찾는 게 옳지."

"그건 네가 실력 키워야 하는 부분이고."

"하여간 싸가지."

"뭐?"

"어디서 말대꾸를 따박따박……."

'네가 내 친구냐?'

다행히도 뒷말은 삼킨 신서진이었다.

순간, 어린애를 상대로 진지하게 화를 낼 뻔했다.

신서진은 혀를 내두르며 유민하가 앉아 있는 쪽을 돌아보았다.

아까부터 말하고 싶어 하는 눈치였는데 서하린 때문에 말을 못 꺼내고 있었다.

처음 본다. 유민하가 기가 죽어 있는 걸.

"내가 봐도 안무는 어려울 거라고 생각해."

"단독 안무 시켜 주면 잘할 수 있어. 이유승, 이라고 했나? 너도 좀 한다며? 너 이거 못 해? 둘이 하면 되겠네."

마치 유민하의 학기 초를 보는 듯한 기시감이다.

유민하도 비슷한 생각을 했는지 피식 웃음을 흘렸다.

봉 춤을 추겠답시고 우기면서 저가 돋보이는 무대를 시도하려 했었나.

못하는 사람이 있다면 버리고 가는 게 더 유리하다고, 유민하도 그리 생각했던 시절이 있었다.

에이틴을 하면서 많은 걸 배웠다.

팀이 무엇인지, 협업이 무엇인지.

유민하는 그 의미를 깨닫게 되었다.

그렇기에, 지금은 웃으며 말을 뱉는다.

"야, 서하린. 네 말대로 너 혼자서 독무 하면 성적은 잘 나올 것 같아?"

"그야 당연히……."

멈칫.

서하린은 유민하의 물음에 답하려다 말았다.

선뜻 그렇다, 라고 답하기에는 다소 애매한 질문이기 때문이었다.

한 사람 혼자 잘한다고 해서 평가 성적을 높게 줄까?

서하린은 인상을 찌푸리며 중얼거렸다.

"내가 잘해도 니들이 못하면 다… 깎아 먹겠지?"

그러곤 차갑게 말을 덧붙였다.

"민폐 끼칠 정도로 못하진 않을 거 아니야."

거기엔 신서진이 끼어들었다.

"글쎄다. 민폐는 네가 끼치는 거겠지. 모두가 돋보일 수 있는 기회를 꺾고 너 혼자 무대에서 설치는 거나 다름없는데."

서하린은 신서진을 홱 돌아보았다.

그래 봤자 타격감은 제로인 것.

어차피 그 눈빛에 쫄 정도로 적게 살지도 않았다.

"그리 독무를 하고 싶었다면 백댄서를 뒤에 세웠어야지."

데뷔 클래스 반의 학생들. 서울예고의 A반을 거쳐 그중에서도 학년별로 톱만 뽑힌 상당한 실력자들이다.

얼마나 치열하게 싸워서 얻어 낸 자리인지, 신서진은 그들을 지켜보면서 깨달았다.

이유승 역시 가만히 듣고 있다가 말을 얹었다.

"신서진 말이 맞지. 우리가 네 백댄서 수준은 아닐 거거든."

"너, 우리 무대 본 적 없지?"

유민하가 웃으며 서하린에게 물었다.

웃으며 하는 말이지만 눈빛만큼은 그 어느 때보다 살벌하다.

"봤으면 그런 말 절대 못 하지."

자신감을 얻었고, 자부심을 가지고 있다.

연습생 생활을 오래했고, 거기서 나름 데뷔조까지 들었던 실력자라 해도.

과연, 네가 우리보다 잘해?

확신해?

유민하는 그리 말하고 있었다.

"그… 그건……."

서하린은 궁지에 몰렸을 때 티가 나게 당황하는 타입이었다.

밀리지 않으려면 무작정 세게 나가야 했고, 가면 삼아 날 선 말을 뱉어 왔던 모양이지만.

그런 건 여기서 통하지 않는다.

로마에 왔으면 로마의 법을 따라라.

여기는 대형 엔터의 데뷔조도 아니고.

데뷔를 위해 적을 두고 싸우는 전쟁터도 아니다.

여기는 학교다.

학교에 왔으면 배워야지.

내가 돋보이는 것보다, 나 혼자 튀는 것보다.

중요한 것들이 있다.

여기는 그게 더 중요시되는 곳이고, 그건 연예계에 나가서도 크게 다르진 않을 것이다.

난파선 위에서 신나게 삐걱거려 봐야 가라앉을 뿐이다.

삐걱이는 건 30분 동안 충분히 했으니, 이제는 구멍을 메워 봐야 하지 않겠나.

"나 잘해."

"누가 뭐래?"

신서진은 말문이 막힌 서하린을 향해 말을 뱉었다.

"방금 전까지는 뭐, 말이 그렇다는 거고. 진짜 이유는 따로 있으니까 들어 보라고."

〈BLACK SHOT〉을 듣는 건 방금이 처음이다. 안무 영상 역시 지금 처음 봤지만, 오히려 그래서 더 편견 없이 볼 수 있었다. 하드한 안무곡 중에서는 나름 유명한 노래인 것 같지만, 치명적인 단점이 하나 있었다.

과하다.

쉴 새 없이 몰아친다.

"힘을 주고 싶은 부분이 있다면 그 주변은 조금 느슨하게 들어가야 한다고 생각하거든."

유민하는 신서진의 말에 귀를 기울이기 시작했다.

"파워풀한 걸 보여 주는 건 좋아."

근데 솔직히 말해서.

"근데 머릿속에 기억나는 장면이 없다면 실패한 무대가 아닌가?"

잠자코 듣고 있던 서하린이 인상을 찌푸리며 받아쳤다.

"그건 잘 살리지 못하니까… 그러는 거지."

아까와는 달리 살짝 기가 죽은 목소리지만, 냉랭한 눈빛은 그대로였다.

"결국 자신 없어서 그러는 거 아니야?"

"보여 줘 봐."

"어?"

"한번 춰 볼래? 시범 삼아 편하게."

"못 할 것도 없어."

이유승이 갑자기 끼어들자 서하린은 잠시 당황한 기색이었지만 이내 표정이 싹 바뀌었다.

무대를 두려워할 정도로 경험이 없지는 않다. 오히려 월말 평가와 중간 평가 경험은 여기 있는 그 누구보다도 압도적일 것이다.

이유승이 서하린을 불러 세우며 말을 뱉었다.

"모니터링할 거니까 촬영할게. 너도 보라고."

"그래."

서하린은 쉽게 수긍하며 자리에서 일어섰다.

그리곤 못내 자존심이 상한다는 듯 신서진을 돌아본다.

앳된 얼굴이 애써 위협적인 목소리로 말을 뱉었다.

"특히 너, 똑바로 봐."

어우, 물론이죠.

신서진은 피식 웃으며 팔짱을 끼었다.

*　　　　　*　　　　　*

서하린은 한 발짝 뒤로 물러났고, 이유승은 그 장면을 휴대전화 카메라에 담았다.

서하린이 노래를 틀어 달라는 듯 고개를 까닥이자, 유민하가 큰 소리로 물었다.

"시작한다?"

〈BLACK SHOT〉. 파워풀한 노래의 전주가 울려 퍼지자마자 서하린의 표정이 싹 바뀐다.

자만심에 가득 찼던 표정이 자신감으로. 서하린은 두 눈을 반짝이며 거침없이 리듬을 타기 시작했다.

워낙에 격한 안무다. 쉴 틈 없이 박자를 쪼개기 때문에 사소한 안무조차 흘려보내서는 안 된다.

템포를 놓치기 시작하면 무너지기 딱 좋은 곡. 하지만, 서하린은 노련하게 고개를 쳐들었다.

You' re my black shot
강렬한 감각에 휘말려 가
여긴 dark fantasia
이제는 갇혀 버렸어

팔을 부드럽게 뻗으며 놀라울 정도의 강약 조절을 선보인다.

이유승처럼 춤을 상당히 세게 추는 편이다. 팝핀을 배우기라도 한 건지, 그 느낌이 살아 있는 격한 스타일에, 옆에 있던 이유승은 저도 모르게 입을 떡 벌렸다.

잘 추긴 하는데?

괜한 자신감은 아니었다. 빽으로 들어왔을 거라는, 그 소문이 무방하게도 서하린은 상당한 수준의 기량을 보여 줬다. 데뷔 클래스 내에서도 저 정도 춤 실력은 분명 상위권일 것이다.

잡다한 스킬을 보여 주면서도 기본기는 탄탄한 편이다.

겉치레만 휘황찬란한 스타일은 아니다. 춤을 볼 줄은 몰라도 느껴지는 감이 있다.

신서진의 감이 말한다.

춤 실력만큼은 진짜라고.

신서진의 감이 다시 말한다.

그럼에도 내 안목은 틀리지 않았다고.

이유승이 낮은 목소리로 신서진의 귀에 속삭였다.

"잘 추는데… 뭔가… 뭔가……."

서하린은 땀이 흐를 정도로 격한 안무를 이어 가고 있었고, 연습실에 있던 다른 학생들의 시선을 집중시키기엔 충분했다. 하지만, 그 시선들을 오래 붙들어 놓지는 못했다.

파워풀하며, 노련하고, 감탄이 절로 나오는 실력이다.

하지만, 그뿐.

와, 쟤 춤 진짜 잘 춘다… 라는 소리는 절로 나와도.

이 곡 좋은데? 라는 소리를 나오지 않을 무대.

기교가 과하면 눈이 피로해진다. 퍼포먼스가 강하면 노래가 묻힌다.

서하린은 제가 할 수 있는 역량의 100프로를 쏟아붓고 있었지만, 오히려 그건 과함이 되고 말았다.

"허억… 헉."

서하린이 거친 숨을 몰아쉬며 하이라이트 파트까지 안무를 마쳤다.

나 잘했지?

두 눈은 그렇게 말하고 있었다. 자신감을 넘어선 자만심이 다시 서하린의 낯빛을 스쳤다. 그 모습을 잠자코 지켜보고 있던 유민하가 조심스레 입을 열었다.

"너 춤 잘 춘다."

"알아. 그런 소리 많이 들었거든."

"그런데."

유민하가 고개를 갸웃거린다.

"기억에 남지 않아."

"뭐?"

딸깍.

이유승이 모니터링용 영상 촬영을 종료했다.

땀을 뻘뻘 흘리면서 최선을 다해 췄건만, 기억에 남지 않는다니.

서하린은 유민하의 평가가 불쾌하다는 듯 째려보았다.

신서진은 피식 웃으며 말을 뱉었다.

"능력치는 좋은데 머리는 빈약한 편이군."

서하린이 날뛰기에 딱 적절한 도발. 예상했던 대로 얼굴이 눈에 띌 정도로 붉어진다.

본 건 잠깐의 시간이지만 대충 어떤 스타일의 인물인지 알겠다. 서하린이 말을 더듬거리며 이를 악물었다.

"머… 머리가 빈약해?"

"멍청하다고 안 한 걸 칭찬이라고 해야 할 텐데."

"너… 지금 장난하냐?"

"아니라는 걸 증명해 보지?"

단세포.

단세포 순두부가 열받았는지 이유승의 손에 들린 휴대폰을 낚아챘다.

탁.

그러고는, 뺏어 든 휴대전화로 자신의 영상을 확인했다.

〈BLACK SHOT〉의 반주에 맞춰서 화려한 안무를 선보였던 방금 전의 자신을 모니터링하기 위함이었다.

서하린은 결국 씩씩대며 한 장면 한 장면을 곱씹듯 확인했고……

"……"

이내 말문을 잃었다.

잘하는데 뭔가 아쉽겠지.

근데 그 아쉬운 게 뭔지 모를 테고.

그럴 리 없다는 듯 다시 영상의 첫 부분으로 돌려 보는 서하린.

한참이 지나서야, 그녀가 천천히 고개를 든다.

확신에 차 있던 두 눈이 흔들리고 있었다.

"그래."

신서진은 거기에 대고 쐐기를 박았다.

"네가 봐도 좀 아니지?"

*   *   *

서하린의 어깨는 축 처져 있었다. 이유승에게 영상을 받아 가고 싶다고 부탁한 뒤, 그걸 제 폰으로 거듭 돌려보고 있었다.

아까 그 날뛰던 단세포 맞나.

신서진은 급격히 조용해진 옆을 힐끗 돌아보고선 토론을 이어 갔다.

〈BLACK SHOT〉의 가장 큰 단점은 노래가 묻힌다는 거였다.

물론 거기에는 서하린이 힘을 더 주면서 원곡 안무를 변형한 탓도 있겠지만, 노래 자체가 대중성과는 조금 거리가 있었다.

이 팀이 하기에는 더더욱 하드한 컨셉이었다.

결국 상황은 다시 원점으로 돌아갔다.

유민하는 신서진과 이유승을 번갈아 돌아보며 물었다.

"생각해 둔 리스트 있어?"

이유승은 음원 사이트에 들어가서 댄스 장르 곡을 빠르게 훑어 내려갔다.

"으음……. 내가 한번 볼게."

〈Challenge〉, 〈Same melody〉, 〈디어 마이 데이지〉.

상위권에 있는 곡들 몇 개를 지목한 이유승이 조심스레 의견을 냈다.

"챌린지… 도 안무 동선이 멋있는 곡이고, 세임 멜로디도 좋다고 생각해. 이건 안무를 자세히 봐야 알겠다. 너무 예전에 배웠어 가지고. 디어 마이 데이지는 좀 밝은 분위기인데, 안무가 격하지는 않아도 이 조합으로 가면 꽤 어울릴 스타일이라서 골라 봤어."

"디어 마이 데이지는 안무 본 적 있어. 다 좋은 곡이네. 신서진 너는?"

짬이 날 때마다 찾아보긴 했지만 자신이 아는 곡은 이들보다 현저히 적을 수밖에 없다.

그래서 신서진은 몇 안 되는 지식으로 열심히 머리를 굴려 봤다.

원래 유민하와 이유승만 있었다면 다른 곡을 내밀었을 텐데,

서하린이 오면서 생각이 조금 달라졌다. 보컬은 안 들어 봐서 보류. 아까의 춤과 서하린의 이미지만 놓고 본다면, 서하린은 표정 연기에 상당한 강점을 가진 편이었다.

자신감이 넘치는 눈빛.

유연하면서도 딱딱 치고 들어가는 깔끔한 춤 선.

그것이 반전 매력으로 느껴질 만큼 순해 보이는 얼굴상.

너무 센 컨셉은 오히려 서하린에게 어울리지 않는다.

그건 유민하도 마찬가지다. 이유승은 어느 컨셉이나 어울리는 편이지만, 디어 마이 데이지처럼 너무 밝은 곡은 상대적으로 표현이 약한 편이었다.

그래서 신서진이 꺼낸 곡은…….

6년 전인 2009년에 발매된 곡, 티엑스라는 남자 아이돌의 타이틀곡 〈지구본〉이었다.

"이 곡 들어 봤어?"

이유승의 폰을 집어 들어 더듬더듬 자판을 쳤다.

티엑스의 대표곡이긴 하나, 이 곡 하나를 남기고 그 뒤에 나온 곡은 줄줄이 망해서 해체했다고 들었다. 디어 메이 데이지처럼 밝은 곡이긴 하나, 조금 더 몽환적이고 안무의 난이도도 높은 편이었다.

유민하가 의외의 선곡이라는 듯 눈썹을 들썩였다.

"나는 알아. 보컬 특화의 노래긴 하지."

또 하나의 장점, 보컬 파트가 상당히 매력적이라서 안무 외에 보컬에서도 강점을 둘 수 있는 곡이다.

무엇보다 후크 부분이 귓가에 맴돌 정도로 중독성 있는 노래.

제아무리 커버 댄스 위주로 평가한다 한들, 심사 위원이 기억하는 것은 이미지다.

실력은 기본적으로 받쳐 줘야 하는 요소라면, 기억에 남는 장면.

그 장면을 심어 주는 게 중요했다.

한 사람을 들어 올리고, 지구본처럼 자전하듯 회전하는 단체 안무.

메인 파트라고도 할 수 있는 그 안무가 인상적이라 기억하고 있었다.

"나도 노래는 들어 봤어."

이유승은 그 말과 동시에 〈지구본〉의 안무 영상을 틀었다.

뒤편에서 잠자코 앉아 있던 서하린도 고개를 들어 힐끗 영상을 확인했다.

부드럽게 유영하듯 미끄러지는 초반의 안무.

느슨하게 여유를 주며 자연스레 이어진다.

그것도 잠시, 템포가 빠르게 올라가면서 안무도 격해진다.

과하지 않게, 적당하게.

풀어 줄 때는 풀어 주고, 힘을 줄 때는 확실하게 준다.

어차피 대중이 기억하는 건 한 장면이다.

그게 후크 부분인지, 킬링 파트인지 그게 중요한 건 아니다.

그런 장면이 존재하는지, 그 유무가 중요했다.

또렷한 가사가 머릿속에 박힌다.

훅 치고 들어와 귓가에서 맴돈다.

그 파트에서, 우리는 비로소 확신한다.

"좋은데?"

유민하는 놀란 눈으로 나직이 중얼거렸다. 이유승은 바꿀 만한 안무 시안이 떠올랐는지 다급히 옆에 있던 종이를 낚아챘다. 그러고는 뭔가를 열심히 써 내려간다.

굳이 말을 하지 않아도 긍정의 의미라는 건 알 수 있었다.

신서진은 고개를 들어 유민하를 돌아보았다.

사실 이 곡과 가장 어울리는 사람을 뽑으라면 유민하를 뽑을 수 있을 것이다.

서하린도 서하린이지만, 이 곡의 센터에서 중심을 잡아 줄 만한 사람은 유민하가 가장 적합했다.

〈지구본〉의 이미지와 가장 들어맞는 사람.

"한번 보여 줄래?"

"…내가?"

신서진의 말에 유민하는 머쓱해하면서도 자리에서 일어났다.

*   *   *

서하린은 아랫입술을 지그시 깨문 채 천천히 고개를 들었다.

루디올 엔터에서 월말 평가로 했던 〈BLACK SHOT〉. 당시에 나름 호평을 받았기에 괜찮은 선택이라고 생각했었다. 그런데, 막상 모니터링 영상에서 본 제 모습은…….

분명 완벽했지만 아쉬웠다.

자존심이 강한 서하린은 그 사실을 납득할 수가 없었다.

자신이 틀렸다는 사실을 인정하기 싫었다.

그래서, 나머지 조원들이 나누는 이야기를 잠자코 듣고 있었다.

'챌린지… 도 안무 동선이 멋있는 곡이고……'

좋은 곡이지.

'디어 마이 데이지는 좀 밝은 분위기인데, 안무가 격하지는 않아도 이 조합으로 가면 꽤 어울릴 스타일이라서.'

마찬가지로 나쁜 선택지는 아니야.

너무 강한 컨셉이 맞지 않을 거 같아서 고민 중이었다면, 이유승이 제시한 두 곡 모두 괜찮은 대안이었다. 서하린은 어느새 최대한 감정을 배제하고 객관적으로 보기 시작했다.

그때, 신서진이 내건 제안.

티엑스의 〈지구본〉.

그럼 그렇지, 하고 서하린은 코웃음을 쳤었다.

슬슬 추억의 명곡 취급받는 옛날 곡인데…….

안무가 잘 기억나진 않아도 당연히 촌스럽겠거니, 그런 확신에 서였다.

하지만, 안무 영상을 이유승의 어깨 너머로 본 순간.

서하린은 격하게 부정했던 신서진의 안목을, 조금은 인정할 수밖에 없었다.

그걸 실물로 봤을 때는 더욱 그랬다.

"어때?"

〈지구본〉 1절에 맞춰 즉석에서 간단히 안무를 따 낸 유민하가 물었다.

예전에 눈대중으로 몇 번 본 적 있다는 안무를 제법 깔끔하게 소화해 낸다.

서하린은 넋이 나간 얼굴로 평가를 기다리는 유민하를 올려다보았다.

스킬적인 부분에서는 자신이 한 수 위다.

실력도, 자신이 더 좋았다.

애초에 유민하는 춤 전공도 아니니까.

그런데.

신서진이 말하려던 게 뭔지 알 것 같아서, 서하린은 쉽사리 입을 열지 못했다.

어울린다.

자신의 〈BLACK SHOT〉이 물과 기름이 섞인 것처럼 이질적인 무대였다면.

방금 전의 유민하는 저 곡 덕에 돋보였다.

마치 노래에 녹아들듯이, 유민하는 부족한 춤 실력으로도 완벽히 곡의 일부가 되었다.

그리고, 아마 자신도 그럴 것이다.

간단하게 머릿속으로 모니터링을 끝낸 서하린은 신서진을 돌아보았다.

"좋아. 어울리네."

신서진은 그리 짧게 답할 뿐이었다.

그 표정에는 제 선택이 맞았다는, 우월감 같은 얄은 감정은 묻어 있지 않았다.

자신을 도발하지도 않을뿐더러, 〈BLACK SHOT〉이 처참한 선택이었다고 비교하지도 않았다.

그저……

만족스럽다는 듯 웃는 신서진을 빤히 응시하며.

서하린은 알 수 없는 감정에 사로잡혔다.

'쟤는 뭐지……?'

그것은 자격지심이었고.

질투였으며.

한편으로는 동경이었다.

"이 곡 어때? 나는 괜찮은 거 같은데."

"픽스할까?"

"서하린, 너는 어때?"

신서진이 대수롭지 않게 자신에게 묻는다.

서하린은 떨떠름하게 입을 뗐다.

절대 하지 않을 거라 생각했던 말을, 저도 모르게 뱉어 내었다.

"나 부탁 있어."

서하린은 다급하게 말을 더했다.

방금 전 그 무대.

대체 무슨 확신으로 저 곡을 선곡했는지.

직접 신서진의 무대를 보면서 확인하고 싶었다.

"너도 한번 춰 줘."

"…뭐?"

＊　　　　　＊　　　　　＊

신서진은 쭈뼛거리며 자리에서 일어났다.

원래 할 줄 몰라도 냅다 도전해 보는 게 본능이다.

당연하지만, 안무 따는 걸 거의 해 본 적이 없으니 즉석에서 안무를 딸 실력은 되지 않았다.

그동안 그럴싸한 안무를 선보인 것도 나름 밤을 새워 가며 연습한 덕분이었다.

허구한 날 올림포스에서 띵가 띵가 하며 부르던 게 노래였으니, 노래 부르는 건 좀 익숙하다 쳐도.

올림포스에서 파워 아이돌 댄스를 한 적은 없었을 테니까.

목소리로 먹고 들어갔던 보컬과 달리 기본기가 현저히 부족하다.

"…맞나?"

못하는데 쓸데없이 당당한 신서진.

뒷파트의 안무는 아예 대충 욱여넣어 버린다. 빠릿빠릿하게 따라 하긴 하는데, 안무를 제대로 따지를 못하니 결국 의식의 흐름대로 안무가 이어진다.

흐느적. 흐느적.

그래도 몇 번의 무대를 겪으면서 몸이 많이 빠릿해진 터라, 제법 안무의 형태를 갖춰 간다.

이제는 창작의 경지까지 다다른 거냐고.

"푸흡!"

유민하는 웃음을 참으며 안무 영상을 신서진 앞에 들이밀었다.

"기억 안 나면 제발 보면서 춰 주면 안 될까?"

"춤은 삘(feel)이라고 했어."

"누가?"

춤에 죽고 춤에 사는 디오니소스가 클럽에서 부킹하다가 한 말이긴 했지만, 세부 설명은 생략하기로 했다.

차마 미성년자를 상대로 그런 말을 할 수는 없어!

어쨌든 신서진은 한 치의 부끄러움 없는 표정으로 어깨를 으쓱여 보였다.

"나 잘하는 것 같은데."

뭐지, 이 자신감은?

푸하하하!

그래도 웃는 티를 내지 않으려 애쓰는 유민하와 달리, 서하린은 대놓고 깔깔대며 말했다.

"기본기가 너무 약하잖아. 이제 와서 보니, 따라 추는 건 나름 잘했던 게 기적이다?"

아니, 곡을 보는 안목이 좋길래 춤도 유민하 이상급으로 출 줄 알았더만.

전혀 예상하지 못했던 실력에 서하린은 숨이 넘어가라 웃어 댔다.

이유승은 머리를 긁적이며 말을 뱉었다.

"이상하다. 쟤 잘 추는데."

"따라 추는 것만……."

유민하가 슬쩍 말을 얹었다.

이유승은 춤을 잘 추긴 해도 이런 구석에선 예리함이 없는 편이었다. 본인이 잘 추는 데에만 집중해서, 신서진이 무식하게 몇천 번 영상을 돌려 있는 그대로 안무를 카피해 왔다는 걸 알지 못했다.

신이기에 한 번 본 것을 잘 잊지 않는다.

이유승과 최성훈이 안무를 따왔을 때도 그걸 수십 번 이상 반복하며 통째로 익혀 왔다.

춤을 이해한 게 아니라 암기해서, 그럴싸한 수준으로 끌어올린 셈이었다.

하지만, 데뷔한 애들을 어렸을 때부터 숱하게 봐 왔고, 기획사에서 체계 잡힌 교육도 받았던 서하린은 조잘조잘 신서진의 문제점을 짚어 대기 시작했다.

"안무 따는 데엔 영 소질이 없나 봐?"

"이틀만 줘도 다 외울 수 있다."

"예능 나가면 즉석에서 안무 딸 일도 생기거든. 그때는 그냥 손 놓고 있을 거야?"

"……."

"다 좋은데 네 춤엔 스타일이 또렷하지 않아. 굉장히 프리하긴 한데 제대로 배워 보진 않았는지 좀 아쉽달까? 으음… 나라면 확고하게 기본기부터 잡고 들어갔을 거 같은데……."

아까까지는 기죽어 있다가도 할 말이 생기니 신났다.

신서진은 혀를 내두르며 돌직구를 날렸다.

"머리가 빈약한 녀석이 입만 살아서는."

"뭐… 뭐? 너 또 빈약이라 했냐?"

"사실이지. 곡 고르는 안목하고는……. 딱 빈약하잖아. 단언컨대 네 두개골은 좀 비어 있을 거야."

"야!"

"아, 미안. 인간들은 원래 두개골 안이 비어 있지."

"죽을래!"

신서진은 아까 제 안목에 대해 전혀 우월감을 느끼지 않는 듯했지만, 속 좁은 서하린은 아니었다.

신서진의 기본기가 부족해 보이길래 가르쳐 줄 생각이었다.

그건 자존심을 세우는 것이기도 했고, 우월감을 느끼려는 것도 맞다. 그 전에 같은 조원이니 챙겨야 한다는 표면적인 이유도 있었지만.

물론 그 감정은 방금 개박살 났다.

"갑자기 재수 없어져서 가르쳐 주기 싫어졌어!"

신서진은 눈썹을 들썩였다.

아까 서하린의 춤 실력을 확인했다. 안목을 떠나 실력만 놓고 평가한다면 이유승 수준의 실력이었고, 체계적으로 배워서인지 기본기도 탄탄했다.

'도움이 될 것 같은데.'

서울예고에 와서 안무 트레이닝을 조금 받은 거 외엔 제대로 된 기본기 수업을 받아 본 적 없었던 신서진이다.

그마저도 2학년부터 배우기 시작했으니, 심화 위주의 수업들이었고.

말끝마다 땍땍대는 싸가지는 마음에 들지 않아도, 현실적으로는 도움이 되는 인간이다.

'안 알려 줄 것 같은 게 문제군.'

"너… 진짜 존나 재수 없어."

"역시 그런가? 그래서 알려 줄 생각은 없다고?"

"내가 미쳤냐? 네가 도와 달라고도 제대로 말 안 하는……."

이런 류의 인간은 다루기가 쉽다.

신서진은 씨익 입꼬리를 올리고선 말을 뱉었다.

"머릿속엔 있어도 설명은 잘 못하나 본데."

"뭐?"

이 말 한마디면, 서하린은 도와주기 싫어도 자존심 때문에 말 려들겠지.

"빈약한 지식이라서."

아아악—.

분노에 찬 서하린이 냅다 달려들었다.

신서진은 뒤로 몸을 피하며 그런 서하린을 약 올렸다.

"꼬우면 알려 주든가!"

*   *   *

이유승은 신서진과 서하린이 투닥대는 광경을 바로 옆에서 직 관했다. 신서진은 가뜩이나 한 성깔 하는 서하린의 분노 포인트 가 어디인지 알고 가지고 노는 것 같았다.

안 그러면 저렇게 생글거리면서 즐기고 있을 리가 없다.

"개또라이."

이유승의 감상은 그러했다.

이사장 조카를 상대로 빈약하니, 비어 있는 두개골이니 하는 미친 놈은 단언컨대 신서진밖에 없을 것이었다. 데뷔하면 선배 들 상대로도 저러는 거 아닐까.

"너… 진짜 죽을래?"

"네가 나를 죽일 수 있을 리가 없지."

"가능해!"

"으응, 절대."

신서진은 검지손가락을 저으며 서하린을 농락했다.

유치한 싸움은 슬슬 결말을 향해 내딛고 있었다.

"뭐, 네가 아니어도 배울 곳은 많으니까 됐어."

"……!"

"그만한 실력이 안 되는 것으로 알고 있……."

"시끄러워!"

후.

서하린은 이를 악문 채 신서진을 노려보았다.

"야, 너 진짜. 나한테 평생 절해라?"

결국 알려 주기로 마음먹은 것이었다.

씩씩대면서도 결국 결론은 긍정인 방향으로 났다.

"같은 조원 아니었으면 국물도 없었어. 네가 나한테 민폐 끼치면서 흐느적대면 안 되니까 알려 주는 거라고."

신서진은 피식 웃으며 고개를 끄덕였다. 그 모습을 보니 다시 열불이 오르기 시작했지만, 한 번 뱉은 말을 바꿀 생각은 없었다. 서하린은 한숨을 푹푹 내쉬며 본론으로 들어갔다.

"마음 바뀌기 전에 내일 오전 7시에 여기로 와."

그리고.

쉬는 시간 종소리가 울려 퍼지자마자, 서하린은 쌩— 하니 밖으로 나가 버렸다.

*　　　*　　　*

다음 날, 오전 7시.

데뷔 클래스 연습실이 아직 한적할 시간에, 신서진은 문을 슬쩍 열고 안에 들어섰다.

의외로 약속 시간보다 먼저 나온 서하린이 안쪽에서 기다리고 있었다.

팔짱을 딱 낀 서하린이 고개를 까닥이며 피식 웃었다.

"안 올 줄 알았는데 의외다?"

서하린이라면 분명 자존심 때문에 저울질하다가 도망쳤을 것이다. 어제 신서진에게 안목을 지적받았을 때는 정말 그 자리에서 뛰쳐 나가고 싶을 정도였으니까.

반대의 상황에서, 신서진은 당당하게 연습실을 찾았다.

"안 올 이유가 없지."

신서진은 솔직하게 답했다.

알려 주겠다는데, 오지 않을 이유는 대체 뭔가?

신서진은 이런 면에서는 제법 유들유들한 성격을 가지고 있었다.

다른 신들이야 자존심을 엄청 따지지만, 애초에 이런 것에서 자존심을 세울 필요가 없다.

그 빌어먹을 자존심 때문에 파멸에 말려든 이들을 수없이 많이 봐 왔기에.

신서진은 여유롭게 웃어 보였다.

후―.

서하린은 입으로 바람을 불고선 싸늘하게 말을 더했다.

"절대 너 좋으라고 알려 주는 거 아니니까 착각하지 마."

"아무 말도 안 했는데?"

"말 한마디를 안 지는구나, 하."

"언변술의 신인 편이지."

서하린은 더 이상 말싸움을 하기를 포기했다.

뭔가… 하면 할수록 말려드는 느낌이 든다.

그 생각을 읽은 듯, 신서진이 웃으며 긍정했다.

"그건 네가 단순해서 그렇다."

"너… 진짜 재수 없어."

"대부분 너를 보고 그런 생각을… 읍읍!"

신서진은 서하린의 손아귀에 입을 틀어막혔다. 이대로라면 수업이 시작할 때까지 싸우기만 할 것 같았다.

"읍읍, 미안."

"사과하지 마. 더 짜증 나니까."

뭔가를 얻어 가야 하는 건 신서진도 마찬가지였기에, 더 이상 도발을 하진 않았다.

서하린은 애써 분노를 억누른 채 연습실 거울을 노려보았다.

"스텝 밟는 법부터 들어간다."

기본기 스텝이라고 기획사 들어가자마자 배웠던 게 있다.

너무 많이 해서 이제는 몸에 배어 버린 스텝이지만 원론적인 것부터 시작한다.

그렇게 알려 주기로 했으니까.

서하린은 자세를 낮춰 스텝을 밟았다. 손뼉 소리와 함께, 템포에 맞춰 상체를 움직인다.

"하나, 둘, 셋, 넷. 둘, 둘, 셋, 넷."

신서진은 힐끗 서하린 쪽을 돌아보니 우두커니 섰다.

빠른 안무 영상에서 안무 따는 건 어려워도 천천히 알려 주는 걸 카피하는 건 어렵지 않다.

잠시 동안 서하린의 스텝을 눈으로 담은 신서진은 이내 그 동작을 따라 했다.

"뭐야, 잘하네?"

하필이면 안무를 제대로 못 익혀서 흐느적거리는 게 첫인상이라서 그런가.

생각보다 배우는 속도가 빠르다.

"속도 올린다?"

서하린이 조금씩 템포를 올려 간다. 동시에, 손뼉 소리도 빨라진다.

기초적인 스텝이긴 해도 완전 초보자 수준의 스텝을 보여 준 건 아니다. 슬슬 몸이 꼬일 법도 한데, 한 번 익힌 스텝은 절대 흐트러지지 않는다.

뭐, 흠을 잡을 데가 없다.

이 정도는 쉬워서 그런가.

서하린은 고개를 갸웃거리며 다음 스텝으로 넘어갔다.

아까 잘 따라 하길래 난이도를 조금 더 올려 본다.

처음에는 흐느적거리다가도 자세만 잡아 주면 미친 속도로 익히기 시작한다.

그냥 말 그대로 배워 보지 않아서 못했던 건가.

스펀지처럼 빨아들이는 신서진을 보면서, 서하린은 몇 번이고 탄성을 터뜨렸다.

생각보다… 생각보다 잘하잖아?

물론 신서진이 어려워하는 게 하나 있긴 했다.

"으음……."

신서진은 안무 영상을 틀어 둔 서하린의 휴대전화를 최대한 멀리 빼서 확인했다.

"으……."

잘 보이지 않는지 팔까지 들어서 뻗어 본다.

"뭐야… 노안이야?"

"늙긴 했지만, 정신 연령만 늙은 거야."

"반대인 거 같은데?"

신서진은 안무를 따는 것에 약했다.

기본기가 부족하기 때문이었지만, 애초에 안무 영상을 보자마자 안무를 따는 게 전혀 익숙하지 않은 모양이었다.

"너 이런 거 많이 안 봤어?"

"필요할 때는 돌려 봤지. 수천 번 정도."

"그런데 어렵다고?"

"정신 사납잖아."

잘 보이지도 않는 안무 영상. 장면은 순식간에 전환되고, 안무를 제대로 따라가기도 전에 빠른 박자의 노래가 몰아친다. 신서진은 저도 모르게 쯧, 혀를 차고 말았다.

"조그마한 인간들이 꼬물거리는데……. 이걸 어떻게 보는 건데?"

심지어 동선도 조금씩 다 달라서 정신 나갈 것 같다.

이유승이나 최성훈은 이런 것만 몇 번 돌려 보고도 금세 안무를 따 오던데……

그 비슷한 경지까지는 아니더라도 어느 정도 안무를 딸 줄 알아야 커버 댄스를 할 것 아닌가.

에이틴 멤버들이 친절하게 알려 주는 편이었으나 언제까지고 그 도움을 바랄 수는 없었다.

신서진은 정신없이 눈동자를 굴리며 안무 영상 속 안무를 따라가려 노력했다.

"어우, 또 놓쳤다."

역시 어렵다.

안무 따기에는 소질이 없는 걸까.

그리 중얼거리는 신서진을 옆에서 지켜보고 있던 서하린이 혀를 내둘렀다.

"에휴, 그렇게 빨리 보면 뭐가 보여?"

"뭐?"

"속도 늦추면 되잖아."

빨간 모자를 봤다가, 회색 후드티를 봤다가. 열심히 눈동자를 굴리면서 패닉에 빠져 가고 있길래, 설마 해서 던진 말이었다.

신서진이 두 눈을 끔뻑이며 고개를 획 돌렸다.

"…뭐?"

진짜냐?

진짜로… 몰랐다고?

서하린은 두 눈을 끔뻑이다가 뒤늦게 정신을 차렸다.

"줘 봐. 속도 너무 빨라. 0.5배속으로 늦출게."

잠시 휴대전화를 조물거리더니 갑자기 안무 영상의 속도를 두 배로 늦춰 놓는다. 그 모습을 보며 신서진은 저도 모르게 인상을 찌푸렸다.

저게 된다고?

아니, 어떻게?

'시간… 조절인가?'

신서진은 넋을 놓은 채 0.5배속이 된 안무 영상을 내려다보았다.

*　　　　*　　　　*

시간을 건드는 것은 신의 영역으로도 어려운 일이다.

물론 시간을 조금 늦추거나 가속하는 것쯤이야 자신도 할 수 있다. 그만큼의 빛의 가루가 필요할 뿐이다. 그렇다고 신의 권능을 이런 사소한 것에 쓸 수는 없었다.

그거… 얼마나 많은 관심이 필요한 일인데!

진짜 제대로 된 관종이 되어야 한다고!

어찌 되었건, 신도 못 하는 것을 서하린이 할 수 있을 리는 없다.

그렇다면…….

신서진의 하나의 가능성을 생각해 냈다.

"너튜브의 기능인가? 시간 조절?"

너튜브가 신적인 경지에 다다랐다니, 세상 참 오래 살고 볼 일이다.

신서진의 상당한 리액션에 당황한 서하린이 되물었다.

"뭐? 이거 속도 늦추는 거 말하는거야?"

"응응."

신서진은 격하게 고개를 끄덕이며 물었다.

"혹시… 최신 업데이트인가?"

"존나 옛날부터 있었는데요?"

"허어, 인류란……."

너튜브가 이 정도까지 발전했다는 사실을 모르고 있었던 신서진은 입을 떡 벌리고 말았다.

연습을 할 때마다 너무 빠르게 지나가는 파트 때문에 몇 번이나 돌려 봐야 했는데…….

이 정도 속도만 되어도 안무가 세세하게 다 보이지 않나.

여러 번 돌려 볼 필요도 없었다.

애초에 안무 따기란 동체 시력 테스트도 아니었던 모양이다.

신서진은 신문물을 발견한 사람처럼 감격스러운 얼굴로 안무 영상을 낚아챘다. 그 반응은 퍽 재밌었기에, 서하린은 휴대전화를 넘겨주면서도 툴툴댔다.

"어디 촌구석에서 왔어? 아니, 촌구석이어도 인터넷이 터지면 너튜브는 쓸 줄 알지 않나? 대체 지금까지 핸드폰은 뒀다 뭐에 쓴 거야? 나는 네가 정말로 이해가 안 돼."

대부분 잔소리였다.

"나 없으면 삽질이나 하고 있었겠네. 속도 다시 조절해 봐. 그렇게 빨리 보면 뭐가 보이냐?"

"……."

"어쨌든 배속 늦춰서 계속 보고 있으면 안무 따는 거 그렇게 어렵지는 않거든. 네가 안무 기본기가 영 없어서 그렇지, 여러 개 다운받아서 자주 보고 있으면 익숙해져."

"응."

"거듭 말하지만, 너는 이번 재평가 끝나면 나한테 절해야 해."

어우, 시끄러워라.

그깟 절.

"통 크게 두 번이나 해 줄게."

"두 번 하지 마, 미친놈아!"

서하린은 알 수 없는 이유로 화난 기색이었지만, 신서진은 서하린이라는 인간이 기특해 죽을 지경이었다. 그렇기에 감격스러운 눈길로 그녀를 돌아보았다.

오만만 가득한 인간이라 생각했다.

한데, 시간을 조절(?)할 줄도 알고.

지혜를 베풀 줄도 안다.

생각보다 나쁜 애는 아니다.

"후우……. 절 두 번 할 시간에 영상 싹 복습해서 기본기라도 네 걸로 만들면 훨씬 낫겠다."

저, 저저……. 도와주면서 괜히 툴툴대는 거 봐라.

어찌 되었건 고마운 마음은 표현해야겠다.

"서하린."

"어?"

한참 동안 서하린의 설명을 듣고 있던 신서진이 천천히 입을 떼었다.

"너… 천재구나?"

"으… 으웅?"

신서진은 서하린을 다시 보기 시작했다.

*　　　*　　　*

점심 메뉴로 미트볼 스파게티와 귤 푸딩이 나온 만족스러운 급식 시간.

모처럼 만의 특식인데 기분은 좋지 않다. 유민하는 **빳빳**하게 말라 버린 스파게티 면을 젓가락으로 휘적이면서 인상을 찌푸리고 있었다.

그녀의 건너편엔 영문을 모르겠다는 듯 눈을 굴리고 있는 최성훈이 앉아 있었다.

"뭔 일이냐? 왜 이리 죽을 상이야."

"그러게."

"말해 봐. 평상시엔 죽일 상이던 애가 갑자기 죽을 상이면 조금 무섭지 않냐?"

"죽는다, 너."

탁.

유민하는 젓가락을 내려놓고선 이를 꽉 악물었다.

오전부터 도통 불안했던 이유는 딱 하나였다. 커버 댄스 기간까지 오랜 시간이 남은 것도 아닌데…….

그 녀석이 보이질 않는다.

"신서진 어디 갔어?"

물론 아예 행방을 모르는 건 아니다. 대충 애들한테 얘기를 듣기로는 점심 시간까지 할애해서 안무 연습을 하고 있는 모양이었다.

기본기 연습이었나, 안무 따기랬나. 무슨 연습을 하든 팀에 도움이 되는 쪽이라면 상관없다.

그런데.

그 상대가 마음에 들지를 않았다.

"또 서하린이랑 있겠지."

"미치겠다. 거하게 사고 치고 있겠구만."

유민하는 최성훈의 말에 지끈거리는 머리를 부여잡았다.

이사장 조카에다 성격 파탄자 서하린.

거기에 누가 무슨 말을 하든 굴하지 않는 신서진이라니.

최악의 조합이다.

둘이 연습하다가 하나가 죽어도 전혀 이상하지 않아!

유민하는 둘이 연습실에서 멱살이라도 잡고 있을까 봐 불안했다.

가뜩이나 선곡 할 때도 분위기 한번 살벌했는데, 저 안에서 좋은 방향으로 대화가 진행되고 있을 거라곤 기대하기 어려웠다.

"이건 내 추측이긴 하지만, 서하린이 분명히 신서진 엿 먹이려 데려간 거 같은데. 걔가 순수하게 누굴 도와줄 성격은 아니잖아?"

"그러고도 남을 만한 애긴 하지. 굳이 따지자면 도와 줄 명분도, 이유도 없고."

"완전 원수지간이지."

최성훈은 고개를 끄덕이며 쉽게 수긍했다.

사실 오면서 둘이 연습한다는 연습실을 지나쳐 오긴 했다. 최성훈은 근처를 지나가면서 봤던 내용을 덧붙였다.

"뭐, 연습한다더니 둘이서 휴대폰만 뚫어져라 보고 있던데. 춤을 눈깔로 추는 것도 아니고. 어쨌든 수상하긴 수상해."

힐끗.

신서진이 있는 쪽 연습실을 돌아본 최성훈이 혀를 찼다.

반투명한 유리 때문에 제대로 보이지는 않아도 문 너머 실루엣이 가만히 앉아 있는 걸로 봐선, 지금도 춤 연습은 하지 않는 듯했다. 춤 연습을 하지 않으면서 연습실에 죽치고 있다니…….

"기본기 알려 준다면서 이상하게 굴리고 있는 거 아니야?"

그게 아니라면 핸드폰만 뚫어져라 볼 일이 뭐가 있어?

최성훈의 말에 유민하의 표정은 더 썩어 들어갔다. 최성훈의 생각도 크게 다를 것은 없었기에, 둘은 동시에 고개를 끄덕였다.

"맞는 거 같지?"

"응, 완전."

신서진은 보기엔 저래도 은근 순진한 구석이 있는 녀석이었다.

알 수 없는 짓을 많이 하긴 해도 마음만은 따뜻한 애고.

뭘 잘 모른다고… 그런 애를 놀려 먹어?

유민하는 신서진이 서하린의 개수작에 멀뚱히 당해 주고 있을

까 봐 속에서 열불이 났다.

"야, 안 되겠다."

밥맛이 뚝 떨어졌다.

답답해 죽겠어!

대체 저 안에서 뭔 뻘짓을 하고 있는지 두 눈으로 직접 봐야겠다.

유민하는 특식으로 나온 스파게티를 한곳에 몰아 놓고선 자리에서 벌떡 일어섰다.

"나, 간다."

"어? 어? 벌써?"

대답도 안 하고 다급히 자리를 뜨는 유민하.

뒤에서 최성훈이 큰 소리로 외쳤다.

"야! 푸딩은 내가 먹는다!"

*　　　　　*　　　　　*

같은 시각.

반투명한 유리 문 너머의 서하린은 속이 터질 지경이었다.

신서진에게 기본기를 알려 준 지 고작 이틀밖에 되지 않았다.

안무 따는 법을 알려 준 지는 하루하고도 반나절이 지났고.

'춤 알려 달라며.'

'알려 줬잖아.'

'아니, 누가 그런 식으로 앉아서 안무만 보고 있냐고!'

원래는 기본기를 알려 주겠답시고 끌고 왔건만, 갑자기 안무 영상 다시보기에 꽂힌 신서진은 하루 종일 휴대전화만 뚫어져라 보고 있었다.

영상 속에는 안무 트레이너도 있고, 현직 아이돌 안무 연습 영상도 있었다.

전문가부터 언더그라운드 댄서들, 아마추어들까지. 분명 입문 자인 신서진에게는 도움이 될 영상들이었다.

그렇다고 해서 그것만 보고 있으라고 하려던 건 아니라고!

많이 보면 보는 대로 기본기가 늘긴 하겠지.

하지만, 그것도 충분한 시간이 필요하다. 영상만 본다고 늘었으면 다 천재 댄서가 되었겠지.

저걸 다 외우려는 것도 아니고 대체 뭐에 써 먹으려 저러는 건지…….

서하린은 한참 동안 가슴을 치며 그 꼴을 보고 있었고, 그렇다고 해서 워낙 집중하고 있는 신서진을 쉽게 건드리지도 못했다.

고작 영상을 보고 있을 뿐인데 중간중간 신서진은 쉬지 않고 서하린을 찾았다. 이따금 영상 속 스텝을 묻기도 했다.

가령 춤 스타일이나 박자 쪼개기 같은 기본적인 것들을 하나씩 되짚으면서, 신서진은 집요하게 그 자리에서 한 발자국도 움직이지 않았다.

저렇게 보면 학구열은 뛰어나다.

어느덧 점심시간이 끝나 간다.

무료하게 앉아 있는 동안 시간이 꽤 흘렀다.

"흐암……. 쟤는 언제까지 저러고 있냐."

서하린은 기지개를 켜며 신서진을 흘겨보았고.

그렇게 서하린이 나가떨어질 때쯤 신서진이 고개를 든 것이었다.

지금까지 휴대전화만 뚫어져라 보고 있던 사람치곤 진중한 표정.

심각한 얼굴로 신서진이 말을 뱉었다.

"다 했어."

뭐?

"대체 뭘를?"

신서진이 점심 내내 한 거라곤 영상을 돌려 보는 것뿐이었는데.

숨 쉬기 운동이라도 열심히 하고 있었냐고, 비웃으며 되물으려던 서하린이었다.

하지만, 신서진의 말이 더 빨랐다.

"외우는 거."

"응?"

"뭘 외워야 할지 몰라서 다 외워 봤어."

뭐라고?

이게 무슨 개소리야?

인상을 찌푸린 서하린이 신서진의 말에 받아치려던 그 순간.

벌컥一.

굳게 닫혔던 반투명의 문이 거칠게 열렸다. 급식 시간에 누가 이리 바쁘게 연습실에 쳐들어오나 했더니, 잔뜩 열이 오른 얼굴이 빠른 걸음으로 달려오며 쏘아붙였다. 결코 고운 말투는 아니었다.

"야, 너네 여기서 뭐 하냐?"

유민하였다.

*   *   *

유민하는 서하린을 좋아하지 않았다. 지난 회의 때의 오만한 첫인상이 너무 크게 박힌 터라 어쩔 수 없는 일이었다.

그리고 원래 사람은 자신을 닮은 사람을 싫어한다고. 유민하는 서하린과 어느 면에서는 꽤 닮아 있는 편이었다.

싫어하기에 색안경을 끼고 보고, 싫어하기에 좋은 말이 나갈 리 없다.

유민하는 문을 열어젖히자마자 인상을 찌푸렸다.

태평하게 앉아 있는 신서진과 멀뚱히 서 있는 서하린이 눈에 들어왔기 때문이었다.

"연습한다며… 아니었어?"

뭘 가르친답시고 데려가 놓고 시간만 낭비한 게 틀림없는 모양새. 누가 봐도 오해할 만한 상황이었기에, 서하린은 뜨끔한 얼굴로 손사래를 쳤다.

"아니, 연습하러 온 건 맞는데……. 얘가 별로 열심히 안 하니까 그렇지. 헛소리만 하고. 또……."

"신서진이 열심히 안 하는 애는 아니지."

신서진을 숱하게 봤던 유민하는 서하린의 변명이 헛소리라고 치부했다. 단호한 목소리에 서하린의 말문이 턱 막혔다.

"야, 나는 지금 도와주러 온 건데. 아니, 지금 내 잘못이라는 거야?"

"알려 줄 실력도, 생각도 없으면서 희망 고문 할 거면 소중한 연습 시간은 왜 뺏어 가냐는 거야. 쟤 시간도 너만큼이나 소중해."

"뭐?"

일주일도 남지 않은 시간이다.

아무리 언성을 높이면서 싸웠다 한들, 같은 팀이고 같이 무대를 서야 하는 입장이다. 서로에게 도움이 되지는 못할망정, 기 싸움이나 하는 상황을 이해할 수 없었다.

"야, 유민하."

"서하린!"

공과 사도 구분할 줄 모르는 서하린의 태도에 유민하가 거듭 지적하려던 순간이었다.

"잠깐만."

신서진이 끼어들었다.

뭐야, 무슨 일이야.

둘이 왜 싸워!

둘 사이에서 몸을 일으킨 신서진이 두 손을 들어 보였다.

갑자기 왜 싸우고 있는지는 모르겠는데…….

"아니, 나 다 외웠다니깐?"

"뭐……?"

"어?"

그게 무슨 소리냐고 물을 틈도 없었다.

"보여 줄게."

신서진은 곧바로 자리를 잡았다.

Chapter. 5

　한 치의 망설임 없이 두어 걸음 물러선 신서진이 휴대전화를 만지작거리더니 노래를 틀었다. 지난 회의 때 말이 나왔던 곡 〈BLACK SHOT〉이다.

　신서진은 줄곧 보고 있었던 안무 영상 속 〈BLACK SHOT〉을 재현하기 시작했다.

　저거 되게 어려운 춤인데?

　선곡 회의를 했을 때만 해도 절대 못 춘다며 단언하던 그 춤이었다.

　예상 밖의 선곡에 유민하는 저도 모르게 두 눈을 동그랗게 떴다. 입술을 달싹이려 했지만, 지켜보는 것이 먼저였다.

　서하린보다는 조금 더 부드러운 곡선을 그리며, 신서진이 자연스럽게 미끄러진다.

이전엔 안무를 그대로 카피하려 했었다면, 이제는 스텝에 있는 기본기를 곱씹는다. 신서진은 사소한 안무 하나하나를 분석하며 〈BLACK SHOT〉을 다르게 이해하려 노력했다.

그리고, 그것은 곧 응용의 가능성을 열어 주었다.

애초에 여자 아이돌의 안무였기 때문에 그대로 적용하는 데에는 다소 무리가 있었다.

큰 키 탓에 뚝딱거려 보일 수 있는 안무는 살짝 흘리면서 섬세하게 박자를 잡는다.

신서진은 고작 10여 분 봤을 뿐인 안무 영상을 완벽하게 소화해 냈다.

"뭐야."

그뿐만이 아니다.

신서진은 분명 전부 다, 외웠다고 했다.

"그다음 곡도 있어?"

유민하는 기겁하며 입을 떡 벌렸다.

별다른 설명도 없이, 바로 다음 곡의 반주가 나오기 시작했다.

이어지는 곡은 〈디어 마이 데이지〉. 이유승이 추천했던 바로 그 곡이었다.

〈BLACK SHOT〉보다 템포는 느린 주제에 제법 박자감이 까다로운 곡이다. 엇박자의 타이밍을 정확하게 잡아 나가는 것이 중요할 뿐더러, 밝은 곡이라 멋있게 소화하는 게 어려웠다.

서하린에게 눈대중으로 배웠던 표정 연기.

신서진은 얼핏 웃으면서 그것을 따라 했다.

짧은 시간 동안 빠르게 무대 경험을 쌓았던 신서진이다.

그때 배우고, 남겼던 것들이 분명 신서진의 머릿속에 남아 있었다.

경험은 충분하다. 엉성하게 쌓아 올렸던 상당한 수준의 실력이, 기본기라는 주춧돌을 받아서 더 견고하게 쌓여 나갔다.

"여기서 끝이 아니야?"

마지막은 〈지구본〉이다. 다시 반주가 바뀌는 걸 확인한 유민하는 바로 탄성을 내질렀다.

신서진은 〈지구본〉의 안무를 기억하는 대로 재현해 내기 시작했다.

의미 없는 암기로 곡을 해석한 것이 아니다.

단순히 안무를 따는 영역을 넘어서, 단기간에 그것을 이해하기까지.

신서진은 한 단계 계단을 올라섰다.

"와."

춤 전공의 서하린도 인정할 만큼 놀라운 발전이었다.

그것도 앉은 자리에서 눈으로 익히는 것만으로 만들어 낸 발전이라니. 다른 사람이 들었으면 말도 안 되는 소리라며 미친 사람 취급할 얘기였다.

근데 진짜라고.

유민하와 서하린은 선뜻 믿기 힘들어하는 표정으로 중얼거렸다.

"미친……."

말도 안 돼.

그중에서도 신서진이 연습하는 과정을 봐 온 서하린은 떡 벌어진 입을 다물지 못했다.

기본기를 알려 줬고, 안무를 따는 법을 짚어 줬고, 남들이 들으면 어이가 없을 소리지만 너튜브를 보는 법을 알려 줬다.

서하린이 가르친 것이 아예 없지는 않았다.

하지만, 이런… 이런 결과물을 기대한 적은 없었다.

기본기가 부실했던 신서진이 하루 만에 기본기를 익히는 데에 성공했다.

자연스레 흘러나오는 엣지 같은 춤의 기교는 여전히 부족한 편이지만, 적어도 안무에 충실한 춤이 완성되었다.

그게 하루 만에 가능할 거라고 예상하는 사람은 없을 것이다.

너튜브 0.5배속이 가져온 기적이라고 할 수 있겠다.

서하린은 재능을 가진 숱한 연습생들을 봐 왔으면서도 방금의 기적에는 까무러칠 듯 놀랐다.

앉은 자리에서 기본기를 독학하는 미친 놈이라니.

그런 게 존재할 리가 없잖아.

'신인가……?'

그것도 아니라면.

괴물인가?

그런 괴물이 눈앞에 버젓이 존재하는 탓에 서하린은 정신을 차리지 못했다.

유민하는 얼굴을 찡그리며 넋이 나간 서하린을 돌아보았다.

정신 못 차리고 있는 건 이쪽도 마찬가지다.

"대체 뭐야?"

유민하는 경악한 표정으로 중얼거렸다.

에이틴을 하면서 춤을 한두 번 춘 것도 아니다.

합을 안 맞춰 본 것도 아니잖아?

굳이 따지자면 이 서울예고에서 신서진의 춤을 가장 많이 본 것은 가까이에서 연습한 자신일 것이다.

그렇기에 유민하는 신서진의 춤 실력을 더욱 냉정하고 객관적으로 평가할 수 있었다. 그의 춤 실력은 어디 가서 밀릴 정도는 아니었으나, 안무를 재창작할 수 있는 수준도 절대 아니었다.

말 그대로 알려 주는 춤을 그래도 익히는 선이지, 그걸 응용할 수 있는 녀석은 아니라고.

유민하의 생각은 다른 쪽으로 향했다.

서하린이 신서진에게 춤을 가르쳐 주겠다며 끌고 갔고, 몇 달 동안 안 됐던 걸 점심시간 안에 되도록 만들어 줬을 정도니까.

와…….

유민하는 서하린을 돌아보며 물었다.

"너… 뭘 가르친 거야?"

"나 한 게 없는데?"

"뭐?"

"아니, 진짜 한 게 없어."

"심지어 너… 생각보다 겸손하구나."

"그게… 그게 아니라…….."

고작 앉은 자리에서 기본기 조금 가르쳐 줬다고 애 안목이 바뀐다니.

대형 기획사에서 하드 트레이닝을 받아 본 적 없었던 유민하 입장에서도 그건 기적이었다.

'대단한 애였잖아……?'

유민하는 서하린을 빤히 돌아보며 혀를 내둘렀고.

서하린은 서하린대로 넋을 놓고서 신서진을 지켜보았다.

서로가 서로에게 놀라고 있는 광경.

그 사이로 신서진이 심각한 얼굴이 되어 중얼거린다.

"뭐가… 어떻게 된 거냐."

뒤늦게 정신이 든 유민하가 벌떡 고개를 들었다. 서하린의 강의 실력에 감탄하느라 정신이 없었지만, 신서진의 성장 속도에도 놀랐어야 할 타이밍이었다.

"웅? 아. 미안해."

방금 너무 신서진은 안중에도 없었던 게 아니었나.

미안해진 유민하가 신서진의 팔을 붙들었다.

"괜찮아. 잘 보고 있었어. 무슨 문제라도 있어?"

"그건 아닌데……."

"더 연습하려고? 너… 방금 완벽했는데? 빈말이 아니라 진짜 괜찮았어."

"아니……."

뭔가 허전한 것이…….

신서진은 그리 중얼거리며 고개를 휙 돌렸다.

기본기를 완벽하게 복습하고, 안무를 응용할 수 있게 된 것. 전부 희소식이었지만…….

"아."

시계를 확인한 신서진이 인상을 찌푸렸다.

"설마 점심시간 끝났어?"

"응, 오늘 특식이었어. 미트볼 스파게티랑 귤 푸딩."

털썩.

유민하의 해맑은 한마디에 신서진은 그대로 주저앉아 버렸다.

"늦었어……?"

"어, 다 치웠을걸."

"아… 안 돼……."

이제는 관심보다도…….

급식에 진심이 되어 버린 전령의 신이었다.

＊　　　　＊　　　　＊

점심시간 직후에는 5교시 보컬 수업이 있었다.

데뷔 클래스 수업이 아니라 A반 정규 수업. 최서연 선생이 들어와서 한 시간 동안 기를 쪽 빼 놓은 탓에 허기가 더해졌다.

예전에는 배고픔을 거의 느끼지 않았거늘.

인간의 몸은 한없이 나약하고 하찮았다.

우당탕탕.

신서진은 결국 보컬 수업이 끝나자마자 곧장 편의점으로 내달렸다.

특식을 놓쳤으니 배라도 채워야지.

서글프지만 연습을 위해서라면 어쩔 수 없다.

5교시 직후라 생각보다 편의점 안은 한가한 편이었다.

신서진은 혀를 내두르며 나직이 중얼거렸다.

"배고파 죽겠네."

처음에야 편의점 음식을 깔 줄 모르니 머리를 싸매고 있었지만, 유민하와 최성훈이 알려 준 덕에 이제는 뭘 어떻게 먹으면 되는지 대강 알아냈다.

"이게 맛있다고 했나?"

신서진은 전자레인지에 한 번 돌리기만 하면 따끈하게 먹을 수 있는 편의점 햄버거를 골라 들고 계산대로 향했다.

그때, 창가 쪽에 앉아 있는 익숙한 얼굴을 발견했다.

입만 꾹 닫고 있으면 성격 참 좋아 보이는 순두부 서하린.

뭔가가 잘 까지지 않는지 바스락거리는 비닐 소리는 들리는데, 낑낑대고 있었다.

하기야 자신도 배고팠으니, 인간으로 태어난 서하린은 더했을 터. 수업이 끝나자마자 이쪽으로 뛰어온 게 신서진만은 아니었던 모양이다.

신서진은 계산을 마치고 그쪽으로 다가갔다. 대체 뭘 그리 바스락거리나 싶어서였다.

"이… 이거 왜 안 까지지?"

끙끙.

"아악, 개빡치네!"

쾅.

서하린은 분노에 찬 소리를 내지르며 삼각김밥과의 혈투를 벌이고 있었다.

아, 어려운 녀석이지.

쉽게 먹을 수 있게 양보해 주는 녀석은 아니다.

삼각김밥 개봉 특강 한 시간짜리를 최성훈으로부터 수강한 덕분에, 이제는 완벽히 정복한 음식이었다.

돌아가는 꼴을 보아하니 서하린은 아직 정복하지 못한 듯했다.

신서진은 그 옆에 슬쩍 앉아 서하린을 약 올리기 시작했다.

"먹고살기 참 힘든 모양이야."

"후우……. 시간 없어 죽겠는데 더럽게 안 까지네. 야, 너 깔줄 알아?"

"건방지면 안 알려 주지."

신서진을 슬쩍 흘겨본 서하린은 혼자 하겠다면서 비닐을 냅다 잡아뜯으려 했고, 거기엔 조금의 힘 조절도 없었다.

탁.

신서진은 손을 뻗어 그걸 막았다.

"그걸 무식하게 잡아뜯는다고 뜯어져? 너 김밥 통째로 날려 먹고 싶냐?"

"그냥 뜯으면 뜯기는 거 아니야?"

"그렇게 쉬운 녀석이 아니라니까."

"…뭔 소리야."

서하린은 한숨을 내쉬며 중얼거렸다.

시계를 돌아보니 벌써 쉬는 시간이 5분이나 지났다. 아무리 빨리 먹는다 해도 슬슬 간당간당해지는 시간.

서하린은 배가 꽤나 고팠고, 자존심은 강했다.

죽어도 남에게 도움받고 싶어하진 않는 성격.

하지만, 먹고사는 게 역시 먼저인 법이다.

"…까 줘."

"내가?"

"아, 좀! 빨리! 나 배고프다고!"

"공손하게 말해야지. 허어, 인간들이란."

"빨… 빨리 까 주면 안 될까?"

서하린은 발을 동동거리며 말을 덧붙였다. 아까와는 달리 제법 기가 죽은 목소리. 간절히 애원하는 듯한 눈길이 신서진에게 닿았다. 그 눈빛에서 나온 말은…….

"나 존나 배고파."

"공손했다가도 거칠어지는구만."

"밥을 굶으면 원래 그런거야. 개빡치거든."

알았다.

신서진은 최성훈에게 배운 대로 능숙하게 삼각김밥을 잡아 뜯었다.

모름지기 신은 학습 능력이 빠른 법.

어느 한 부분 날아가는 것 없이 깔끔하게 한 번에.

신서진은 삼각김밥을 뜯어서 서하린에게 건네주었다.

"참치마요삼각김밥이었군. 국룰이지."

"와……. 진짜 신기하다."

"뭐가?"

"너튜브 재생하는 것도 모르는 애가 삼각김밥 깔 줄은 알아?"

"그야 공부했으니까."

나름 특강까지 받았다니까.

신서진의 당당한 대답에 서하린은 고개를 갸웃거렸다.

"이상한 걸 공부하는 편이구나."

역시 이상한 놈이다.

서하린은 그리 생각하면서 한숨을 푹 내쉬었다.

신서진과는 늘상 틱틱대며 싸우는 사이였지만, 오늘은 무척 배가 고팠던 터라 더 투덜댈 시간은 없었다.

게다가 오늘은 삼각김밥을 까 줬잖아?

나쁜 애 같아도 생각보단 섬세한 녀석일지도.

서하린은 피식 웃으며 삼각김밥을 한 입에 베어 물었다.

동시에, 입안 가득 짭짤한 맛이 퍼지며 미소가 절로 새어 나왔다.

"맛있다."

배고파서 그런지 진짜 맛있었다.

＊　　　　　＊　　　　　＊

남은 쉬는 시간이 여유롭지는 않았으나, 무사히 삼각김밥을 쟁취한 데에서 나름의 여유를 찾았다.

서하린은 생각보다 말이 많은 편이었다. 왜 삼각김밥 까는 법도 몰랐는지, 서하린은 조잘대며 해명하기 시작했다.

"너, 기획사 들어가 본 적은 없지?"

"응."

애초에 서울예고에 입학한 지도 채 1년이 되지 않은 상황.

한국의 기획사라……. 쉽지 않다는 소문만 들었지 신서진이 직접 경험해 본 적은 없었다.

반면 루디올 엔터에서 충분히 연습생 생활을 해 왔던 서하린이었다.

　등급 제도와 월말 평가, 데뷔 클래스가 따로 존재하는 만큼 서을예고도 살벌한 생존의 현장이었지만, 그럼에도 학교인지라 실제 기획사들보다는 덜한 편이었다.

　아니, 오히려 이만하면 최상의 조건에서 배워 가는 편이다.

　이름만 들어도 입이 떡 벌어질 법한 교사들이 있으며, 방학 때는 학생들을 위한 특강도 있다.

　데뷔 클래스에서 버티다 졸업하면 웬만한 기획사에서 모셔 가서 데뷔시키며, 중간중간 미디어에 노출될 기회도 많다.

　그 모든 것들이 어떤 기획사와도 비교할 수 없는 인프라라는 것을 서하린은 알았고, 때문에 신서진에게도 강조했다.

　"나는 삼각김밥 먹을 시간도 없어서 대충 에너지바 씹어 먹었지."

　"에너지가… 생기는 바인가? 그런 신기한 능력이 있다고?"

　"저거."

　아, 초코바.

　서하린이 진열대 쪽을 손으로 가리키며 혀를 내둘렀다.

　"저런."

　"여튼 그것도 체중 관리 안 할 때고, 다이어트 기간에는 그냥 굶었어."

　척 보기에도 서하린은 말라 보이는 체형이다. 애초에 이유승도, 유민하도, 최성훈도 이미 마른 편이었지만, 얘는 이러다가 쓰러지는 게 아닐까 싶은 정도라는 거지.

기획사의 체중 관리는 상상 이상이었다.

"뭐, 미리 예고해 주지도 않아. 당장 다음 주까지 거의 3키로 넘게 빼 오라고 하니까, 답이 없는 거지. 물도 안 마셨어. 다음날 몸이 부을까 봐."

여기 오니까 그나마 살 만하다고 중얼거리면서도, 서하린은 무서운 말을 더했다.

"근데 어차피 서을예고도 체중 관리 하긴 해야 하잖아. 완전 빡세진 않아도."

"진짜?"

"몰랐어?"

처음 듣는 소리다.

서하린은 신서진의 반응에 고개를 갸우뚱해 보였다.

"뭐야. 체중 관리… 그런 거 검사 안 하나?"

그 말을 하면서 서하린의 시선이 뒤편으로 향했고, 신서진은 그 시선을 따라갔다.

컵라면 두 젓가락 분량을 한입에 우물거리고 있는 최성훈이 눈에 들어왔다.

"검사 안 하나 본데?"

"우웅? 내가… 모……."

최성훈이 우물거리면서 뭔가를 물으려 했다. 서하린은 식겁하며 손사래를 쳤다.

"아니야, 마저 먹으렴."

"한결같군."

저 녀석은 살 안 찌는 게 신기한 수준이긴 하다.

언제 사 왔는지 맥반석 계란까지 알뜰하게 챙겨 먹고 있다.

쉬는 시간 2분 남짓 남은 거 같은데.

신서진은 자리에서 일어나며 최성훈에게 손짓했다.

"슬슬 먹고 나와라."

"이것만… 이것만……."

저 녀석을 보아하니 정말 체중 관리는 안 잡는 듯하다.

계란에 집착하는 최성훈이 엉거주춤한 자세로 일어설 때였다.

"야, 미친. 그거 들었냐?"

딸랑―.

종소리와 함께 문을 열고 들어온 3학년들이 시끌시끌하게 소란을 피웠다. 학교에서 무슨 소식을 듣고 온 건지, 잔뜩 흥분한 목소리로 저들끼리 웅성거린다.

"또 뭔데?"

"이번 주부터 통금 생겼다잖아. 사감 쌤이 말하시는 거 못 들었어?"

"1시까지 들어가는 거? 그거, 평가 기간에는 봐주지 않았어?"

"이제부터 얄짤 없다잖아. 잡히면 퇴소래."

워낙 가까운 거리라, 쓰레기를 버리러 나오는데 내용을 전부 들었다.

"음, 시끄러워라."

보아하니 기숙사 통금 시간을 이제부터 빡세게 잡겠다는 모양인데, 신서진은 자기과 별 관련 없는 얘기라 생각하며 대충 흘려

들었다.

"야, 신서진."

"응?"

하지만, 서하린은 심각한 얼굴로 그 자리에 멈춰 섰다.

두 눈을 동그랗게 뜬 상태였다.

"우리… 어떡해?"

"왜? 상관없잖아. 뭐야, 너 째려 했냐?"

최성훈은 그런 서하린의 말을 받아치며 기겁했다.

"새로 들어온 편입생이 간도 크다?"

"그게 아니라……."

서하린이 다급하게 두 발을 굴렀다.

"우리 연습 새벽에 해야 할 거 아니야!"

*   *   *

확실히 월말 평가 기간이나 축제를 앞두고 있을 때에는 새벽 시간을 이용하곤 했다. 아침부터 저녁까지 정규 수업이 있고, 그 이후에는 데뷔 클래스반 수업이 따로 있다. 그 스케줄을 전부 다 소화하는 일정에서 기말 평가를 위한 연습까지 하려면 남는 건 새벽뿐이다.

편의점에서 주워들어 온 말에, 이유승과 유민하는 확실히 문제라며 심각해졌다.

"원래 연습 목적이면 인정해 주지 않았어?"

기존에는 사유만 있으면 새벽에 연습을 해도 크게 잡지 않는 분위기였다. 그런데, 개나 소나 연습한답시고 밤에 놀러 나가니 문제가 된 모양이었다. 유민하는 혀를 차며 중얼거렸다.

"그걸 악용한 놈들이 많았나 보지."

"연습할 시간도 부족한데 왜 그러고 사는 거야?"

이유승은 이해할 수 없다는 듯 고개를 저었고. 서하린은 대책을 생각해 봐야겠다고 제 머리를 부여잡았다.

남은 시간은 겨우 나흘 남짓이다. 안무까지는 그럭저럭 따라 외웠는데, 동선이나 세부 디테일을 맞춰 보려면 본격적인 팀 연습이 필요했다.

짝.

이유승은 박수를 치며 시선을 집중시켰다.

"나흘이야. 못 할 건 없다고 봐."

"나는 간당간당할 거 같은데. 석식 시간에 조금 시간을 낸다고 쳐도……. 모여서 연습할 시간이 너무 부족해. 우리가 밥을 쫄딱 굶고서 연습만 할 수는 없잖아."

"확실히 어려워 보이는군."

유민하의 말에 신서진은 긍정했다.

오늘 한 번 특식을 넘겨 봤더니 생각보다 많이 서럽더라고.

사람이 밥은 먹으면서 일해야 하는 법이다.

'내가 사람은 아니지만…….'

어쨌든 신서진은 고개를 저으며 새로운 의견을 내놓았다.

"그냥 하던 대로 새벽에 하는 건 어때?"

"뭐?"

신서진의 말에 이유승의 얼굴이 새하얗게 질렸다. 보기와는 다르게 제법 FM인 녀석이라서, 걸리면 큰일 날 짓을 한다는 것이 불안한 얼굴이었다.

"그러다가 걸리면? 기숙사 퇴소라며?"

가정 형편상, 이유승은 장학금이 지원되는 기숙사에 버티고 있어야 할 상황이었다. 하지만, 데뷔 클래스 기말 평가를 망쳐서 퇴출된다면 그건 그거대로 더 절망적인 상황. 이러지도 저러지도 못하는 심정이 낯빛에 고스란히 드러났다.

서하린이 목소리를 낮춰서 조용히 말했다.

"걸릴 거라는 보장은 없잖아."

"맞아. 불 끄고 연습하면 되지 않을까?"

"야, 그래도 너무 불안한데……."

사감 선생이 기숙사 모든 방문을 두드리면서 다니진 않는 것 같으니, 새벽에 학교를 돌아다니고 있을 경비원만 피하면 된다. 이유승과 유민하는 갈팡질팡하며 고민했다.

기껏해야 손전등만 켜놓고 몰래 연습을 해야 할 참이지만, 그거라도 할 수 있는 것과 아닌 것은 달랐다.

이유승이 걱정스러운 눈길로 신서진을 돌아보았다.

"야, 진짜 괜찮을까?"

이럴 때는 왠지 신서진에게 묻게 된다.

난처한 얼굴의 이유승이 물어 오자, 신서진은 천천히 고개를 끄덕였다.

"어."

그것은 괜찮을 거라는 위로가 아니라, 확신이었다.

"문제 될 건 없을 거야."

간단한 눈속임만 하면 된다.

신서진은 들키지 않으리라는 확신이 있었다.

*   *   *

새벽 1시가 가까워친 시각. 마지막까지 남아 있었던 데뷔 클래스 학생들도 기숙사에 돌아가고, 학교의 불은 전부 꺼졌다.

어둠이 집어삼킨 학교에서, 신서진과 팀원들은 다시 연습실에 모였다.

삼면이 유리로 둘러싸인 데뷔 클래스의 연습실이었다.

"야, 12시 50분이야."

이유승이 목소리를 낮추며 신서진에게 속삭였다. 기숙사 통금 시간이 곧이니, 이제 학교에 남아 있는 학생들은 없을 터였다. 그리고, 이 시간쯤이라면······.

"한 번 도실 거 같은데?"

경비원이 전 층을 한 바퀴 돌 시간이었다.

사감 선생에게 걸리든, 경비원 아저씨에게 걸리든. 어느 쪽이든 무조건 피해야 할 상황이다.

"차라리 기숙사 들어가 있다가 나올 걸 그랬나?"

"그게 더 위험해. 그냥 불 끄고 가만히 있자."

그나마 희소식인 것은, 그리 꼼꼼하게 순찰을 하지는 않을 것이라는 것.

학교에 도둑이 든 것도 아니고 굳이 불이 꺼져 있는 연습실까지 들어와서 일일이 확인할 리는 없다. 그렇기에 네 사람은 어둠 속에서 숨을 죽인 채 조용히 있었다.

"나 무서워."

가장 먼저 중얼거린 것은 이유승이었다. 허구한 날 새벽까지 연습하길래 안 그런 줄 알았는데, 불 끄고 있으니 뭐 나올까 봐 무섭단다. 유민하는 이유승이 중얼거리는 말을 들으며 머리를 짚었다.

"야, 저기 거울 봐 봐. 원래 거울 있는 연습실에서 괴담 많이 나오지 않냐? 막… 쳐다보고 있었다던가."

화들짝.

거울 쪽을 돌아본 이유승은 오들거리며 벽에 머리를 박았다.

"으악……."

방금 거울 속의 자신을 보고 놀란 모양이었다. 이유승이 심각한 얼굴로 중얼거렸다.

"몰라. 방금 눈 마주친 거 같아."

"하…. 덩치는 겁나 큰 놈이 겁은 제일 많아요."

"아니, 무섭잖아! 안 무서워?"

서하린은 쯧, 혀를 차고선 이유승에게 타박을 놓았다. 물론 그 커다란 덩치가 도움이 되는 일이 있었으니, 최장신의 이유승은 발꿈치를 들어 올리고선 중간중간 창밖을 슬쩍 내다보았다.

그렇게 약 이십여 분의 시간이 흘렀다.

그사이에 한 번의 순찰을 무사히 넘겼고, 더 이상 복도에선 인기척이 느껴지지 않았다. 1시를 꽤 넘긴 시각, 잔뜩 긴장하고 있었던 네 사람은 숨을 고르며 바닥에 엎어졌다.

이유승은 커튼을 다시 꼼꼼하게 치고선 자리로 돌아왔다.

이제 조금 시간이 생겼다.

"얘들아, 연습하자!"

귀하게 얻어 낸 새벽 시간. 밤을 통째로 새울 수는 없지만, 그만한 각오로 연습실을 찾았다.

거울에 비치는 모습을 제대로 볼 수 없기에 모니터링을 할 수 없다는 단점이 있지만, 그래도 연습할 시간이 아예 없는 것보다야 나았다.

심지어 하늘도 돕는 건지, 원래는 손전등이라도 켜야 하나 싶었는데 달이 아주 밝았다.

어둠에 적응한 눈은 움직임을 두 눈으로 확인할 수 있을 정도의 충분한 시야를 확보했다.

"다들 준비됐지?"

"응!"

유민하의 한마디에 단체로 자리를 잡는다. 당연하지만, 대놓고 노래를 틀 수는 없으니 작게 박자를 맞추면서 연습해야 했다. 안무 디테일은 낮에 확인하고, 지금은 동선을 최대한 맞춰 보는 것에 의의를 둘 생각이었다.

"하나, 둘, 셋, 넷."

이유승의 입 박자를 따라서 서하린이 앞으로 나왔다.

누가 보고 있다면 어이가 없을 정도로 열악한 환경이다. 하지만, 그 어둠 속에서도 신서진은 예리한 눈으로 전체적인 움직임을 확인했다.

"서하린, 너는 조금 옆으로. 이유승, 너는 방금 조금 빨리 뒤로 빠졌어야 했을 거 같아. 박자 살짝 안 맞았어."

"오케이."

"나도 이해했어."

어둠은 신서진에게 방해가 되지 않는다. 거기에 더해, 신서진은 춤을 조금이나마 이해할 수 있게 되었다.

이전에는 안 보였던 것이, 이제는 보인다.

단체 군무를 할 때 예쁘게 맞춰야 할 간격, 충돌 없이 부드러운 동선. 박자를 정확히 맞춘 스텝.

어둠 탓에 사소한 실수는 캐치해 내지 못하는 나머지 셋이다.

그 사이에서 신서진의 예리한 시야는 분명 도움이 되었다.

탁탁. 발이 박자를 맞추는 소리만 들릴 뿐, 숨이 막힐 정도의 고요함이 연습실을 휘감는다.

누구 하나 먼저 쉬자고 말을 꺼내지 않았다. 연습실 밖에서는 투덜거리기만 했던 넷도, 그 어느 때보다 진지하게 연습에 임했다.

그만큼 소중한 시간이었고.

감사한 시간이었으며.

모든 것을 쏟아부은 연습이었다.

그렇게 한 시간을 쉬지 않고 뛰었을 때쯤 위기가 찾아왔다.

서늘한 바람이 분다.

신서진은 움직임을 감지하고 제자리에 멈춰 섰다.

"오는군."

신의 감각은 인간의 것을 월등히 뛰어넘는다. 신서진은 제법 떨어진 기리에서도 누군가 오고 있다는 것을 눈치챘다.

뒤늦게 반투명한 유리문 너머로 밖을 힐끗 살피던 이유승도 목소리를 낮췄다.

"야, 발소리 들려. 숨어, 숨어!"

후다다닥.

네 사람은 본능적으로 몸을 피했다.

걸리면 그대로 끌려 나가는 상황.

혹여 스텝을 밟을 때의 발소리를 들었을까 봐, 지레 겁을 먹은 상태로 각자 숨을 곳을 찾아 들어간다.

저벅저벅―.

발소리가 가까워진다.

기껏해야 앞을 지나칠 줄 알았던 발소리가 이내 문 앞에서 멈췄고.

"허업⋯⋯."

드르륵.

문이 열리는 소리와 함께 네 사람은 숨을 죽였다.

*　　　　*　　　　*

왜 하필 여기로 들어왔는지는 모르겠으나, 모두가 가슴을 졸이고 있었다. 숨 막힐 듯한 정적이 이어지는 와중에, 검은 그림자가 문지방을 넘었다.

경비원일 줄 알았건만 기숙사 사감 선생, 한승현이었다.

'망했다.'

경비원 아저씨에게 걸리면 빠져나갈 여지라도 있지, 이쪽은 그냥 빼박이다. 어둠 속에서 그의 얼굴을 확인한 이유승은 하얗게 질려 버렸다.

다행스러운 것은 아직 자신들을 보지 못한 눈치였다.

하늘도 돕는 걸까.

아까까진 꽤 밝았던 달이 학교 뒤편으로 갔는지, 다행히 어둠 속에 몸을 숨길 수 있었다.

혹시나 발소리를 듣고 왔나 싶었는데, 무언가를 찾느라 분주해 보이는 얼굴에서 그런 기색은 보이질 않았다. 한승현 선생은 한 손으로 휴대전화를 쥔 채 누군가와 통화를 하고 있었다. 바빠 보이는 얼굴이었다.

"어, 최서연 선생. 연습실에 두고 온 거 있다고?"

뒤적뒤적.

한승현 선생은 데뷔 클래스 반 학생들이 쓰는 사물함으로 향했다.

최서연 선생과 통화하느라 아직 인기척을 전혀 느끼지 못한 듯하다. 사물함에서 꽤 가까운 거리에 숨어 있었던 서하린은 제 입을 틀어막았다.

"데뷔 클래스 반 맞아?"

―네, 맞아요. 분명 거기 두고 온 거 같은데. 오늘 일 처리 해야 해서 꼭 필요하거든요.

"어두워서 안 보이는데?"

불을 켜면 끝장이다.

유민하는 두 눈을 질끈 감고선 가까이 붙어 있는 신서진에게 입모양으로 말했다.

"어떡해? 들킬 거 같아."

"안 들킬 거야."

신서진은 그렇게 말할 뿐, 다른 말을 더하진 않았다. 그새 연습실을 대충 스윽 둘러본 한승현 선생이 다시 휴대전화를 잡았다.

"없는 거 같은데."

—으아아악…… 내일 나 죽었다."

"두고 간 게 서류예요? 대충 봐도 없어, 진짜로."

귀찮았는지 불을 켜러 가지도 않는다. 한승현 선생은 주머니에 손을 찔러 넣고선 나가려 했다.

"교무실도 확인해 줘요?"

—그래 주면 감사하죠!

제발 나가라…….

제발…….

그리 중얼거리며 어둠 속에서 버티고 있을 때였다.

불편한 자세를 고쳐 앉으려던 유민하가 실수로 서랍장을 건드렸다.

'어!'

툭.

몸을 숨기고 있던 서랍장 위에서 무슨 물건이 떨어지고 말았다.

탱—.

날카롭고 가벼운 소리가 정적 속에서 선명히 울려 퍼진다.

"음?"

한승현 선생은 반사적으로 고개를 돌렸고, 소리가 나는 쪽으로 향했다.

발소리가 점점 가까워진다.

저벅저벅.

그가 이쪽으로 걸어오고 있었다. 아무리 어둡다 해도 지금쯤이면 제법 어둠에 적응되었을 시간. 충분히 보일 만한 거리였다.

'이러다 들키겠어⋯⋯.'

유민하는 최대한 몸을 욱여넣은 채 입을 틀어막았다.

"허업⋯⋯."

들키면 퇴소다. 퇴소라고!

제발.

제발 그냥 지나가라!

"흐음."

한승현 선생이 유민하의 코앞에서 수정 테이프를 집어 들었다. 유민하는 미칠 것 같은 떨림에 미동도 하지 못했다. 자신의 발밑에 학생들이 숨어 있을 거라는 걸 알지 못하는 한승현 선생은 태연하게 수화기를 잡고 물었다.

통화에 집중하느라 다행히 이쪽을 보진 않는다.

"어, 최서연 선생. 두고 간 게 테이프는 아니지?"

─서류라고 했잖아요. 그걸 왜 두고 가요!"

"글쎄. 아무튼 여긴 없다니까?"

한승현 선생은 투덜대면서 혀를 찼다.

찾으려던 물건이 연습실 안에는 없었으니 다시 발걸음을 돌려 복도로 나신다.

그렇게 그가 연습실에서 완전히 빠져나갈 때까지, 네 사람은 침묵을 지켰고. 한참이 지나서야 서하린이 숨을 몰아쉬며 밖으로 기어 나왔다.

"하아… 하, 죽을 뻔했어."

이유승도 안도하는 얼굴로 말을 덧붙였다.

"진짜… 지릴 뻔했잖아."

두 번은 겪고 싶지 않은 아찔함이었기에, 다들 몇 분간 숨을 죽이고 있었던 것만으로 잔뜩 진이 빠진 얼굴들이었다. 제법 태연한 편에 속했던 유민하도 한승현 선생이 코앞에 왔을 때에는 정말 심장이 떨어지는 줄 알았다.

서하린은 후들거리는 다리를 부여잡으며 거듭 혀를 내둘렀고, 이유승은 가슴을 쓸어내렸다.

"숨바꼭질은 오랜만이군."

모두가 호흡을 가다듬는 와중에, 신서진만 태연할 뿐이었다.

"자, 연습 마저 할까?"

"으… 으응?"

휘청이는 중심을 간신히 잡은 서하린이 기겁한 얼굴로 신서진을 올려다보았다.

*   *   *

환한 낮이 아폴론의 시간이라면, 은은한 달빛이 감도는 이 밤은 그녀의 시간이다.

달의 여신 아르테미스.

그녀는 창밖을 내다보며 흐릿하게 미소지었다.

그녀가 인세(人世)에 현현한 것은 이례적인 일이었다. 연예계도, 모델계도, 다른 사업에도 관심 없다. 예전의 능력은 많이 잃었으되, 아르테미스는 비교적 상황이 나은 편이었다.

종교보단 과학이 앞서 버린 시대에도, 사람들은 정월대보름을 기리며 달에 소원을 빈다.

그 염원들은 곧 그녀의 힘이고, 아르테미스는 헤르메스보다도, 디오니소스보다도, 아니, 오히려 제우스보다도 강한 힘을 가지고 있었다.

그렇기에 신이 사라진 세상에서, 몇 안 되는 신으로 살아가는 아르테미스.

그녀가 인세를 찾은 이유는 단순히 디오니소스를 만나기 위함이었다. 시답잖은 안부나 나누며 지나 온 세월을 추억한다. 어차피 시간은 영원하니, 술 한잔 기울이는 건 어려울 것도 없지 않은가.

그러던 중, 헤르메스의 연락이 있었다.

아르테미스는 신스타그램을 내려다보며 피식 웃었다.

〈당신의 손길이 닿는 곳을 환히 비추고, 닿지 않는 곳을 어둠으로 가려 주소서.〉

거창한 말 뒤에는 짧은 본론이 숨어 있었다.

〈은신의 권능 구함〉

썹었더니 다급한 문자가 오더라.

헤르메스: 한 번만 ㅠㅠ
헤르메스: 제발요.
헤르메스: 답장 좀 ㅠㅠ
　ㄴ들어 주겠다.

연습실에 적절히 달빛이 비추었던 것도, 필요한 상황에 어두워졌던 것도 전부 아르테미스의 권능 덕분이었다. 사실 유민하가 대놓고 꼼지락거렸다 한들, 웬만해선 들키지 않았을 것이다.

달의 은신.

아르테미스는 잠시 그녀의 권능을 빌려주었고, 네 사람은 편히 몸을 숨길 수 있었다.

그게 신서진이 말했던 확신이었다.

고작 기숙사 사감 선생에게 들키지 않으려 신의 권능을 빌리다니.

아르테미스는 흐뭇한 미소를 지으며 디오니소스를 돌아보았다.

"헤르메스가 재밌는 일을 꾸미는 것 같구나."

"힘을 키운다더니⋯⋯. 진짜 학교 생활을 하고 있군요."

디오니소스는 와인 잔을 한 손으로 들어 올리며 천천히 휘저었다.

사람들을 좋아했고, 서민들에게 녹아들었던 전령의 신 헤르메스.

하나 불멸자들은 필히 한 가지 벽을 마주하게 된다.

수천 년의 시간이 흘러도 자신은 살아가나, 그 주위의 것들은 전부 사라진다.

그렇기에 인간들에게 정을 두는 것이 얼마나 잔인한 일인지, 이제는 모를 리 없을 텐데.

헤르메스는 알 수 없는 행동을 하고 있었다.

"인간들의 삶에 녹아들고 싶은 걸까요."

디오니소스가 쓰게 웃어 보이는 말에, 아르테미스는 피식 웃음을 흘렸다.

신과 엮인 인간들은 불행해지고, 비참해지며, 결국은 죽게 되겠지만.

무료한 시간 속에서 그만한 유희를 즐기는 걸 탓할 수는 없으니.

아르테미스는 중얼거리듯 말을 뱉는다.

"뭐, 어때. 귀엽잖니."

그 말과 함께, 두 명의 신은 짠— 하고 와인 잔을 부딪쳤다.

청명한 울림이 고요한 밤 공기 사이로 퍼져 나갔다.

＊　　　　＊　　　　＊

데뷔 클래스의 안무 트레이닝을 맡고 있는 한재규 선생은 심호흡과 함께 문 앞에 섰다.

수없이 밟아 왔던 데뷔 클래스의 문턱이다. 꽤 많은 학생들을 이곳에서 데뷔시켰고, 직접 가르쳤으며 성공시켰다.

그런 그에게도 매년 이맘때쯤은 픽 긴장되는 순간이다.

데뷔 클래스 기말 평가가 끝나면 지도 선생이 결정되고, 제 손으로 1년 이상을 끌어가야 할 학생이 나온다. 3학년들은 대부분 지도 선생이 다 배정된 상황이었지만, 이번에 데뷔 클래스에 새로 들어온 2학년생들은 경우가 달랐다.

신서진, 유민하, 이유승, 서하린.

네 사람을 눈독 들이는 선생은 꽤 많았다.

신서진의 경우엔 현재 A반 담임을 맡고 있는 주영준 선생과 작곡 담당의 정기태 선생이 관심을 보인다고 들었다. 유민하는 최서연 선생이 대놓고 예뻐하는 듯하고. 물론, 춤에 강점이 있는 친구들은 아니었기에 한재규 선생에겐 관심 밖의 학생들이었다.

한재규 선생은 신서진과 유민하보다는 현 2학년의 댄스 천재로 알려진 이유승과 베일에 싸여 있는 이사장의 조카, 서하린이 더 궁금했다.

하지만, 여느 기말 평가가 그렇듯 변수는 늘 발생하는 편이다.

두각을 보이지 않던 녀석들이 급부상하는 일도 종종 있었기에, 한재규 선생은 직접 무대를 보기 전까진 꽤 신중했다.

벌컥―.

한재규 선생은 문을 열어젖히고선 학생들에게 인사를 건넸다.

"얘들아, 준비 많이 했을까?"

"아니요오!"

"망했어요, 쌤……."

덥수룩한 머리에 늘 웃는 상인 얼굴. 학생들을 늘 편하게 대해 주는 한재규 선생은 데뷔 클래스 3학년들 사이에서도 인기가 좋았다. 연습 별로 못 했다며 앓는 소리를 내는 애들에게 능청스러운 농담 몇 마디를 던진 한재규 선생이 거울 앞에 섰다.

기말 재평가가 이틀밖에 남지 않은 시점에서, 오늘은 중간 평가 겸 조언을 해 주러 시간을 마련했다.

인상은 좋아도 평가를 할 때는 한없이 까다로워지는 한재규 선생. 그는 손을 허리 위로 올린 채 고개를 까닥였다.

"3학년부터 시작해 보자."

막상 학생들의 연습 무대가 시작하자, 그의 얼굴에서도 웃음 기가 사라진다.

현역 아이돌들을 수없이 트레이닝해 온 경력자답게, 한재규 선생의 눈은 예리했다.

"어, 무대 잘 봤고……. 으음……."

칭찬은 빼놓지 않지만 그만큼 지적도 따끔했다.

어차피 데뷔 클래스 정도에 들어올 녀석이라면 춤 실력은 어디 가서 밀리지 않을 수준이고, 대부분은 연습량과 선곡, 멤버들의 조화에서 편차가 갈렸다.

"너네 연습 별로 안 했지? 딱 보니까 동선만 간신히 맞춘 거 같은데? 우왕좌왕하는 것만 봐도 티가 나잖아."

"일정이 너무 바빴어서……."

"얘들아, 그건 핑계지. 여기서 안 바빴던 사람 있어? 데뷔하면 뭐, 한가할 것 같아?"

"죄송합니다……."

첫 번째로 평가를 받은 팀은 안무를 많이 맞춰 보지 못한 모양이었다. 간격도 전혀 맞지 않고, 각자의 춤이 따로 노는 바람에 혹평을 받았다. 이어서 무대를 보여 준 3학년도 크게 다르지 않았다.

이번에는 선곡이 문제였다.

"격한 안무 잡고 가려던 건 알겠는데, 보컬까지 하면서 할 수 있어?"

"어떻게든 연습해 보려고 했는데요……."

"절대 될 리가 없는데? 어, 시은아. 네가 노래 부르면서 한 번 다시 해 봐."

"아… 넵!"

팀의 보컬 강자인 한시은이 지원사격을 나섰지만 2프로 부족한 느낌. 대충 봐도 나머지 멤버들은 아예 소화도 하지 못할 것이 분명한 선곡이었다.

"안 되겠다. 너네 이 노래 무대에서 부르면 바로 끝이야. 짐 싸서 내려가라 할 거다."

"……."

거듭되는 혹평에 연습실 안은 조용해지고, 서하린은 신서진의 눈치를 살피며 귓가에 속삭였다.

"…큰일 날 뻔했다."

"역시 그렇지?"

비슷한 스타일의 선곡을 밀었던 서하린은 고개를 끄덕이며 반성했다. 신서진은 거기에 별다른 말을 없는 대신 살며시 웃어 보일 뿐이었다.

하지만, 여기 절대 웃을 수 없는 사람이 하나 있었다.

한재규 선생은 한숨을 푹 내쉬며 평가를 마친 3학년들을 돌아보았다. 나름 잘하는 녀석들인데, 방금 전 무대들은 완전히 제 기대에 못 미쳤다.

"이틀 남긴 했지만, 너네들 이렇게 태평하게 있을 시간 없어. 위에서 데뷔 클래스 한 번 물갈이하자고 벼르고 있던데, 너네 이번에 싹 다 퇴출되고 싶어?"

퇴출이라는 말에 얼어붙는 공기.

졸업이 얼마 남지 않은 3학년들에겐 더더욱 청천벽력 같은 소식이었다.

협박처럼 들리지만 협박이 아니다. 1학기 중간 평가가 끝내고 거의 반에 가까운 학생들이 물갈이된 전적이 있었고, 여기서 몇 명은 그때 들어온 녀석들도 있다.

한재규 선생은 난처한 기색으로 말을 더했다.

"열심히 하자, 알았지?"

"네에엡!"

한재규 선생의 한마디는 의지를 불타오르게 하기 충분했고, 3학년생들은 딱딱히 굳은 얼굴로 대답했다.

쓴소리를 하는 건 선생이라 해서 기분이 좋을 리 없다.

후우—.

한재규 선생은 별 기대 없이 남은 한 팀을 돌아보았다.

'한 명이라도 건졌으면 좋겠는데.'

"시작해 봐라."

데뷔 클래스의 막내들, 2학년이 앞으로 나왔다.

*   *   *

한재규 선생은 2학년들의 선곡을 확인하고선 놀란 눈이 되었다.

"티엑스의 〈지구본〉이야?"

"네, 그걸로 선곡했습니다."

"좀 된 곡이네."

다른 조들이 힙합 베이스의 최신곡들을 선곡한 것과 달리, 상당히 의외의 선곡이었다. 팀원들을 한 번 스윽 둘러본 한재규 선생은 고개를 끄덕였다.

앞선 3학년들의 선곡보단 훨씬 낫다. 직접 하는 모습을 봐야겠지만 말이다.

"누가 센터야?"

한재규 선생의 물음에 키가 큰 남학생 하나가 앞으로 나온다. 이미 얼굴을 알고 있던 터라 놀라울 건 없었다. 유민하가 이유승의 옆구리를 쿡 찔렀다.

"이유승이요."

"제가 센터입니다."

"그래, 무대 한 번 보자."

한재규 선생은 볼펜과 평가지를 들고선 고개를 까닥였다. 백마디 말보다 무대 한 번 보는 게 더 확실하다. 예리한 눈빛이 다시금 타올랐고, 한재규 선생은 입을 꾹 닫은 채 무대에 집중했다.

〈지구본〉.

노래를 부르면서 하는 것이 아닌, 안무만 보고 평가하는 상황이었기에 보컬 강점의 〈지구본〉은 충분히 혹평을 받을 수도 있었다. 춤이 돋보이는 곡은 아니지만 탄탄한 기본기를 필요로 하는 곡이다.

이유승이 천천히 걸어 나오며 팔을 뻗었다.

마치 꽃의 봉우리가 개화하듯, 순식간에 세 사람이 퍼져 나간다. 몽환적이면서도 부드러운 멜로디를 따라, 이유승이 유영하듯 움직였다.

팀의 중심을 잡아 주는 사람.

한재규 선생은 이유승을 왜 센터로 세웠는지 한눈에 알았다.

춤 실력이 좋아서만은 아니다. 이유승은 팀원들을 한데 모아 주는 구심점으로서의 역할을 충분히 해낸다.

'역시 예상대로 잘하는구만.'

처음부터 눈독을 들인 이유가 있다. 이유승은 앞선 3학년들과 달리 한재규 선생의 기대를 훌륭하게 충족시켰다.

A반과 데뷔 클래스, 서울예고의 엘리트 코스를 밟아 온 녀석답게 기본기도, 스킬도 아주 깔끔하다.

실제로 엄청난 양의 노력을 하는 이유승에겐 미안한 소리지만.

저 녀석은 재능을 타고났기에 저런 무대를 보여 줄 수 있었다.

춤의 천재였다. 수많은 학생들을 봐 온 한재규 선생은 그리 확신하며 웃었다.

팀에 한 명의 천재가 나오면 그쪽에 눈길이 쏠리는 법이다.

그렇기에 한새규 선생도 이 팀에선 더 볼 사람이 없을 거라 생각했다.

하지만, 그의 확신은 틀렸다.

"음?"

서하린이 매력적인 눈웃음으로 치고 나온다.

이사장 조카라는 무수한 구설수를 안고 서울예고에 입학했던 녀석. 부정 입학이라는 말도 공공연히 떠돌았고, 애들 사이에서도 평판은 최악이었다.

교무실이라고 해서 그 소문들을 못 듣는 건 아니다. 하지만, 실력 있는 친구라 여겼기에 어느 정도는 믿고 있었다.

그런데.

겨우 그 정도가 아니었다.

'얘는 또 왜 이리 잘 춰?'

춤도 춤이지만 표정이 매력적이다. 자신이 어떤 포인트에서 관객들에게 어필할 수 있는지, 스스로도 잘 알고 있는 듯한 눈빛. 그 당당함에 홀려서 눈을 뗄 수가 없었다.

서하린이 환하게 웃으며 중앙에 선다. 이유승처럼 파워풀한 춤선. 생긴 것과는 다르게 깔끔하게 끊어지는 춤 선조차 매력적이다. 지나치게 센 곡을 선곡했다면 이질감이 느껴졌을 순두부 상의 얼굴. 몽환적인 곡의 분위기와 어우러져 완벽히 자신의 곡을 탄생시킨다.

'같은 팀에 두 명이나 괴물이 있어?'

그리 생각했던 한재규 선생은 몇 초 지나지 않아 생각을 바꿨다.

아니.

이 팀 뭐지?

그럴 리가 없는데.

그럴 수가 없는데.

'다 잘해?'

중앙에 서는 사람이 바뀔 때마다 그 사람에게 시선이 간다.

춤에는 약할 거라 예상했던 유민하는, 반전의 매력을 보여 주었다.

마치 이 곡이 그녀를 위해 존재하는 것처럼, 한없이 자연스럽게 어우러져 감탄이 새어 나왔다.

선곡이 신의 한 수라 생각했는데, 실제로도 그랬다.

유민하도, 서하린도, 이유승도. 큰 이질감 없이 함께 섞일 수 있는 무대.

혼성 무대다 보니 분명 까다로운 점이 있었을 텐데, 선곡과 멤버들의 조화는 그 걱정을 떨쳐 냈다.

하지만, 잘한 점을 그것만 꼽기에는 이 무대는 또 다른 경악을 가져왔다.

'쟤는 또 뭐야?'

마지막으로 신서진. 사실 한재규 선생은 신서진을 보고 가장 놀랄 수밖에 없었다.

낙제생이었던 신서진의 이미지. 그런 녀석이 1년 만에 저리 성장한 것 때문에 당황한 것은 아니다.

정기태 선생도, 주영준 선생도 눈독을 들이던 아이. 교사들 중에서도 꽤나 까다로운 편인 두 사람이 꼽은 학생이라는 건, 예사 학생은 아니라는 말이다. 잘하는 애라는 것 정도는 한재규 선생도 알고 있었다는 소리였다.

그러나, 한재규 선생은 분명 축제 당시에 신서진의 무대를 봤었다.

예리한 안무 트레이너가 아니라면 잘 췄다고 평가할 만한 무대. 실제로 신서진은 춤을 다루는 스킬이 좋았고, 날렵한 박자감을 타고났었다. 적어도 제가 표현해야 할 안무는 완벽하게 살려 낼 줄 알았다.

하지만, 아무리 미친 속도로 성장하고 있는 녀석이라 해도.

춤에 대한 감각을 순식간에 깨우칠 수는 없다.

신서진의 춤에는 약점이 있었다. 어릴 적부터 춤을 익숙하게 춰 온 이유승과 서하린.

두 사람에겐 춤에 대한 역사가 있다. 십 년 넘게, 스스로 춤을 익히면서 배워 온 것들이 있다.

신서진은 자신의 색깔을 보컬에 훌륭하게 녹여 낸다.

하지만, 춤에 있어서는 그 감각이 조금 떨어지는 편이었다.

그럴 수밖에 없다. 신서진은 춤을 다소 기계적으로 추는 편이었으니까.

원래 이렇게 짜인 안무라 해도, 손끝의 방향. 고개와 시선. 사소한 스텝과 박자.

그것들을 어떻게 다루냐에 따라 전혀 다른 무대가 만들어진다.

신서진은 그 경험이 부족했고, 익숙지 않았으며, 그렇기에 위험 감수는 하지 않으려 했다.

깔끔하고 완벽하게 보이는 무대. 신서진은 그러한 무대들을 만들어 내는 것에 성공했고, 그것만으로도 과거의 신서진에 비해서는 괄목할 만한 성장이었다.

'대단한 노력파였겠지.'

저 아래에서 낙제를 고민하던 아이가, 노력으로 천재들을 따라잡았다.

C반에서 A반으로, A반에서 데뷔 클래스로.

몇 계단 높이 있는 목표를 한달음에 뛰어오르며 몸을 갈아 넣었다.

전에 봤을 때보다 기본기가 훨씬 더 충실해진 신서진의 춤 선은 그 노력을 증명했다.

하나, 따라잡기에 급급해 다른 것에는 여유를 둘 수 없었을 것이다.

비범한 천재들이 몰려 있는 데뷔 클래스에서.

그저 살아남는 것만으로도 대단하다 여겨지는 이곳에서.

성장이 멈출 줄 알았던 신서진은 오히려 성장했다.

천재들의 춤을 따라잡으려 발버둥 치던 아이가.

이제는, 춤에 대해 고민한다.

어떻게 춰야 더 아름다울지, 그 짧은 순간에 고민하는 듯한 신중한 손끝.

놀라울 정도로 뛰어난 신서진의 감각을 보면서.

한재규 선생은 생각했다.

재능이 없어서 노력만 했던 안타까운 학생.

하지만, 저 모습이.

저 놀라운 성장이.

과연 재능이 아닌가.

주영준 선생의 말대로 줄곧 빛났던 원석이었으나, 자신이 보지 못했을 뿐이고.

앞으로도 더 빛날 원석이 아니었나.

한재규 선생은 심장에서 끓어오르는 무언가를 느꼈다.

이미 완성된 이유승도, 당장 데뷔시켜도 손색없을 서하린도.

하나같이 천재들만 모여 있는 데뷔 클래스지만.

미친 속도로 성장하는 아이.

훗날 케이팝의 역사를 바꿔 놓을지도 모를 천재를 가르쳐 보고 싶다는 열망.

그 강렬한 감정이 한재규 선생을 휩쓸었다.

짝짝짝…….

무대를 마친 네 명의 제자들이 선배들에게 받는 박수 소리를 들으며.

잠시 넋이 나가 있던 한재규 선생은 뒤늦게 고개를 들었다.

그러고는, 말없이 끝에 선 녀석을 돌아보았다.

신서진.

거친 숨을 몰아쉬며 호흡을 고르는 녀석이, 슬쩍 웃어 보인다.

제 무대가 완벽했다는 확신의 웃음.

한재규 선생은 그 웃음에 화답했다.

"2학년들, 잘했다."

또한, 덧붙였다.

"완벽한 무대였다. 기말 재평가도 이렇게만 하도록."

＊　　　　＊　　　　＊

앞선 3학년들은 줄줄이 혹평이더니, 신서진의 팀은 의외로 좋은 말만 들었다.

별 휘황찬란한 코멘트도 없다. 그저 이대로만 하라는 말에 기분 좋게 연습실을 빠져나왔다.

아직 기말 재평가까지는 시간이 남았고, 그 말인즉슨 시간이 이들에게만 있는 것이 아니다.

3학년들은 오늘 지적한 부분들을 보완해서 나올 것이고, 이들은 따라잡히지 않기 위해 더 많은 시간을 연습에 할애해야 한다.

이유승이 신서진의 어깨에 손을 올리며 물었다.

"오늘도 새벽에 시간 되지?"

매일 밤을 새우는 건 인간들의 육체상 불가능한 일이라서 어제는 쉬었다.

하지만, 남은 이틀은 최대한 갈려 볼 참이다. 네 명 모두 기말 재평가 생존이 목표기에, 이유승의 물음에 고개를 끄덕였다.

"남은 이틀, 제대로 해 봐야지."

조명 사고로 제대로 보여 주지 못했던 무대다.

최성훈과 다시 한 번 더 섰으면 좋았겠지만, 녀석이 지켜보러 오는 자리에서 실망시키고 싶진 않았다.

재평가 무대기 때문에 기획사 초청도 없고, 최소한의 인원으로 진행될 예정이다.

열악한 환경과 준비 기간이지만 최선의 무대를 만들기 위해 모두가 노력하고 있다.

변수가 될 줄 알았던 서하린도 생각보다 애들과 잘 어울리면서 연습은 탄탄대로를 걷고 있었다.

이미 준비는 다 끝난 상황이고, 완성된 무대를 보여 주기만 하면 되겠지.

그렇게 태연하게 생각하고 있던 와중에, 복도 끝에서 웬 소란이 벌어졌다.

"야아아악!"

이목을 집중시키기에 충분한 비명 소리였다.

그와 함께 날카로운 목소리가 언성을 높였다.

음?

신서진은 놀란 얼굴로 고개를 돌렸다.

"야, 지금 너 나랑 해 보자는 거야?"

"맞는데요?"

"지금 제정신이야? 드디어 돌았어?"

"네. 아예 미쳐 돌아 버렸나 보죠. 그러게 왜 사람을 등신으로 만들어요?"

"야! 너 뭐 잘못 처먹었니?"

또 뭔 일이냐.

불안감이 엄습해 온다.

신서진은 다급히 소란이 벌어진 곳으로 걸음을 옮겼다.

이 목소리 뭔가 익숙한데?

목소리가 점점 더 가까워지고, 언성은 더더욱 높아졌다.

틱틱 뱉어 대던 목소리가 이제는 격양된 감정을 쏟아 내기 시작했다.

"그 잘난 자존심 때문에 사람 몇 년 달달 볶았으면, 양심상 모른 척이라도 하든가! 너 같은 개자식이 선배랍시고 깝치고 다니니까 학교가 이 꼴로 돌아가는 거 아니겠어요?"

"별꼴을 다 본다. 야, 내 얼굴 보기 꼬우면 네가 꺼져."

"꺼지는 건 선배가 하셔야죠. 곧 졸업도 하시는데."

"야!"

제길.

얼굴을 보지 않아도 바로 알 것 같았다.

신서진은 인상을 찌푸리고선 이유승을 돌아보았다.

저 목청 좋은 싸가지.

화내는 와중에도 완벽한 딕션.

서하린이다.

"이사장 조카라고 저를 그렇게 씹어 대셨던데. 저희 외삼촌이 여기 이사장인 게 그렇게 꼬우시면 선배가 전학 가셔야죠. 왜 멀쩡한 후배보고 가라 마라야."

"너, 골 때린다. 야. 이제는 나 협박하는 거니? 네 외삼촌이 이사장님이라고? 너 지금 나한테 무슨 말이 하고 싶은 거야?"

한 치의 양보도 없는 말싸움.

서하린은 그 물음에 굵고 짧은 한마디를 던졌다.

"존나 꼴값이시라고요."

"아아아악! 이 미친년아!"

"야, 서하린!"

결국 보다 못한 이유승이 폭주하는 서하린을 막으러 달려갔고, 신서진은 그 옆에서 주머니에 손을 꽂은 채 혀를 내둘렀다.

"대단해, 아주 놀라워."

그 짧은 새에 또 시비가 붙었다니…….

감당하기 어려운 녀석인 건 맞는데.

삭막한 교정에 피바람을 불러일으키는 신입이랄까.

"매일매일이 새롭고 재밌군."

아무리 봐도 이 학교에 없어서는 안 될 편입생이었다.

Chapter. 6

　사건의 전말은 뒤늦게 들을 수 있었다.

　서하린은 그때까지도 분이 풀리지 않는지 씩씩대고 있었고,
이유승이 간신히 그녀를 진정시켰다.

　누구를 한 대 쳤으면 쳤지, 당하고 다니지는 않을 성격. 그렇
게 생각했었는데 나름 복잡한 사연이 있었던 모양이었다.

　"원래 나를 싫어하는 선배긴 했어."

　초면에 시비를 붙은 건 아니고 안면이 있었단다.

　현 데뷔 클래스 소속, 3학년의 강지연은 서하린과 루디올 엔터
에서 만났던 사이였다.

　꽤 어린 나이부터 같은 엔터에서 실력을 쌓았고, 둘 다 데뷔조
를 노렸다. 또래 친구들보다 뛰어난 역량과 재능을 가진 두 사람
은 라이벌이나 다름없었다. 사사건건 부딪힐 수밖에 없는 관계.

"굳이 따지면 내가 훨씬 더 잘났지."

"말은 아주 청산유수군."

"나는 팩트만 말하는 편이니까."

강지연은 한 살 어린 되바라진 꼬맹이를 대놓고 싫어했고, 거기에는 자격지심이 섞여 있었다. 월말 평가 순위도 늘 서하린이 앞섰으며, 트레이너들의 관심은 늘 한 살 어린 서하린이 독차지했다.

결국 열여섯 살 때 루디올을 박차고 나가 서울예고에 입학하기 전까지.

강지연은 서하린은 상당히 못살게 굴었다고 했다.

"나 거기서 왕따였거든. 물론 내 개같은 성격 때문이기도 한데, 그냥 그년들이 못돼 처먹기도 했었어."

뒤에서 험담하는 것은 기본이고, 연습곡을 안 알려 주거나 꼭 들어야 할 전달 사항은 빼놓고 알려 주는 바람에 불이익을 받기도 했다.

"언제 체중 검사 하는지, 그런 기본적인 것도 나 쉽고 전달하더라고. 그래서 점수 깎일까 봐, 늘 목표치 몸무게보다 낮게 유지하고 다녔어. 허구한 날 굶고 다니는 건 기본이었고."

어린 나이에 가뜩이나 빡셌던 연습생 생활이었다. 밖에서도 안에서도 환영받을 수 없는 처지가 되자, 서하린은 완전히 혼자가 되었다.

"그때는 지금처럼 지랄 맞은 성격까진 아니었거든. 그래서, 그냥 당하고 살았지 뭐야."

서하린이 버틸 수 없어서 루디올 엔터를 나온 거지, 계속 있었더라면 거기서 데뷔조에 들었을 터였다. 하지만, 서하린은 루디올을 박차고 나온 것을 후회하지 않는 듯했다.

배운 것이 하나도 없는 곳일 거라 생각했는데.

한 가지 사실은 똑똑히 배웠다.

"만만히 보이면 당하는 세상이야."

연예계는 그런 곳이다. 아니, 비단 연예계만 그런가.

사회란 원래 그렇다. 하다못해 어린애들만 모아 둔 학교에서도 그런 일은 비일비재하게 일어난다.

"그 거지 같은 사실을 너무 늦게 알았지 뭐야?"

뒤에서 험담하는 녀석들에겐 엿이나 날려 주고, 시비를 걸어오는 놈들에겐 선빵을 날리는 게.

서하린이 배운 생존법이었다.

그때는 당했던 어린아이가, 이제는 당하고만 살진 않는다.

과거의 감정 때문에 한바탕 하고 온 것은 아니었다. 서하린은 한숨을 푹 내쉬며 말을 이었다.

"부정 입학으로 들어왔다, 뒷돈 주고 온 거다. 데뷔 멤버로 내정시켜 놨다……. 실력은 뭣도 없는데 나대기만 한다. 그런 얘기만 줄줄이 들리는데, 애초에 이사장 조카라고 소문낸 것도 그 선배일 거야."

어떻게든 색안경을 끼고 볼 수밖에 없는 뒷배경이다.

실제로 서하린이 편입했을 당시, 바로 데뷔 클래스로 오는 바람에 교내가 떠들썩했고. 솔직히 말해서 이사장 조카라는 그 빽의 영향이 완전히 없을 거라 장담할 수는 없었다.

사실 서하린이 더 분노했던 이유도 바로 그 때문이었다.

"편입은 내 힘으로 한 거 분명 맞는데……."

바로 데뷔 클래스로 온 게 낙하산이 아니라 할 수 있을까.

서하린은 인상을 찌푸리며 말끝을 흐렸다. 뒷말은 하지 않았다.

그저 불쾌한 가정이었을 뿐이니까.

하지만, 신서진의 생각은 달랐다.

"네 힘으로 한 거 맞을걸."

"어?"

냉정하게 봐서, 데뷔 클래스 인원들 모두 각 학년에서도 날고 기었던 인재지만.

서하린은 그중에서도 퍽 튀는 학생이었다. 한 성깔 하는 성격 때문에 튀는 게 아니라, 순수하게 실력으로 말이다. 자신이 서울예고의 선생이었어도 단번에 데뷔 클래스로 발탁했을 만한 실력.

서하린은 스타가 될 만한 원석이었다.

고슴도치처럼 가시를 품고 있지만, 그 가시를 다듬고 갈아 내면 찬란하게 빛날 원석.

신서진은 어두워진 서하린을 향해 말을 뱉었다.

"모든 배경을 다 차치하고서라도 네가 있어야 할 자리였어. 한 달 늦게 들어오든, 두 달 늦게 들어오든 시기의 차이는 있었겠지만. 결과적으로 저 허접한 인간들보다 네가 더 나았을 거야."

오히려 학생들 사이에서 퍼진 그 소문이 더 서하린의 발목을 잡았다.

부정한 행위로 입학하지 않았음에도, 운과 연으로 입학했다는 소리가 들려오면.

사람은 필히 고민한다.

정말 그런가? 내 실력으로 들어온 게 맞나?

스스로에게 되묻는 그 의심 때문에 괜히 욕심을 냈고, 어떻게든 돋보여서 제 가치를 증명해 내려 했다.

왜 그리도 조급하게, 우리를 재촉했는지.

이제야 알 것 같았다.

아, 그리고.

강지연이라 했던가.

"그 선배는 형편없더라고."

"뭐야, 나 위로해 주려 하는 말이야?"

"아니, 진심으로. 겁나 못해."

별 관심을 두고 있는 인간은 아니었으나 지난 무대는 기억이 났다.

왜 서하린에게 그리 자격지심을 가졌는지 알 것 같았던 무대였다. 기술적인 면에서도, 경험적인 면에서도. 서하린에게 크게 밀리지 않는다.

하지만, 아이돌은 백댄서가 아니며, 스포츠댄서도 아니다. 단순히 춤 이외에 넘쳐흐르는 스타성이 필요하다.

그녀는 서하린이 가진 매력을 가지지 못했다.

눈에 띄지 않는다. 데뷔해서도 주목받지 못할 것이다.

"믿어도 좋아. 내가 사람은 잘 보거든."

신서진의 말에 유민하는 피식 웃으며 말을 얹었다.

"확실해. 증언할게. 신서진이 저런 건 잘 맞히더라고."

"이건 인정이야."

이유승도 웃으며 서하린을 돌아보았다.

안 좋은 소문을 퍼뜨려서 서하린을 매장시키려 한 것은 강지연의 여론전이었겠지만.

여론은 늘 그렇듯, 순식간에 뒤바꿀 수 있다.

보여 주면 된다.

거품뿐인 실력이 아니라는 걸, 본평가에서 보여 주기만 하면 될 뿐이다.

"알았어."

유민하의 조언에 서하린은 격하게 고개를 끄덕였다.

강지연과 다시 만나서 복잡했던 심정이 어느 정도는 개운해진 얼굴이었다.

기왕 이렇게 된 거 제대로 된 무대를 보여 주자며 서로를 다독이던 그때였다.

뒤편으로 웬 인기척이 느껴졌다.

서하린의 얘기에 집중하느라 놓치고 있던 움직임.

홱—.

고개를 돌린 건 신서진이 먼저였다.

동시에, 나머지 세 사람의 눈길도 뒤편으로 향했다.

"아, 미안. 일부로 들으려던 건 아니었는데."

책을 한 아름 안은 채 눈치를 살피는 3학년의 한시은.

그녀가 머리를 긁적이며 나왔다.

"어디 가서 말 안 할게. 진짜야."

한시은은 난처한 기색으로 말을 더했다. 양팔에 들린 책의 양으로 봐선 사물함에 왔다가 얼떨결에 여기서 얘기를 들은 모양이었다. 한창 진지한 얘기 중인 터라 빠져나가지도 못하고 대놓고 나서기엔 눈치가 보여서 우리가 갈 때까지 기다렸단다.

한시은 선배가 기죽은 목소리로 입을 열었다.

"…사실 절반밖에 못 들었어."

"꽤 많이 들으셨는데요."

"하하, 그런가……?"

애초에 3학년에서 퍼졌던 거라 한시은도 소문에 대해 알고 있었다.

거기에 더해 이사장 조카로 들어온다는 편입생을 조심하라는 조언까지 했었다.

그 자세한 내막은 몰라도, 한시은이 3학년이라는 것에서 서하린은 어느 정도의 반감이 있는 듯했다.

방금 전의 이야기들은 퍼져서 문제 될 건 없지만, 자존심 강한 서하린의 성격상 숨기고 싶을 얘기였다.

제 약점을 드러내는 걸 죽어라 싫어하는 애가 한 살 언니한테 쩔쩔맸던 기억을 꺼내 놓으면 어떻게 폭주할지 모른다.

그렇기에 선수는 신서진이 쳤다.

아무래도 3학년이기에 팔은 안으로 굽는다고, 동급생의 편을 들 확률이 높아 보였지만.

방금 전 들은 얘기는 머릿속에서 지워 줬으면 하는 마음이었다.

"일단은 비밀로 해 주세요. 어느 쪽에나 조금 곤란한 이야기니까요."

자신이 본 한시은 선배는 상식이 있는 사람이었다. 당연히 그럴 생각이었다며, 한시은은 자신을 노려보는 서하린을 안심시켰다.

"그러엄, 물론이지. 그러니까 그렇게 째려보지 좀 말아 줄래? 나도 일부러 들은 거 아니라고!"

"아닌 것 같은데요?"

"진짜야! 진짜!"

후, 하여간 쉬운 성격은 아니야.

그렇게 중얼거린 한시은은 서하린의 눈치를 거듭 살피며 말을 뱉었다.

"그러면 얘들아. 나는 여기에 짐만 두고 갈게. 다들 기말 재평가 열심히 준비하렴……!"

"네. 선배, 들어가세요!"

"응!"

입모양으로 파이팅을 외친 한시은은 사물함에 대충 책을 욱여넣고선 급하게 자리를 떴다.

우당탕탕—.

어쩌다 보니 엿듣게 된 것이 민망했는지 도망치듯 발걸음을 옮기는 모습이다.

그 뒷모습을 바라보면서 서하린은 괜히 뚱한 얼굴이 되었다.

결국 목소리가 들리지 않을 정도의 거리가 되자, 서하린은 인상을 찌푸리며 말했다.

"나 존나 불안해."

저렇게까지 말하긴 했어도 3학년 선배인 데다가 발도 넓은 한시은이다.

그녀를 잘 모르는 입장에선, 한시은이 괜히 아까의 말들을 옮기고 다닐까 걱정이 되는 눈치였다.

서하린은 신경질적으로 중얼거렸다.

"제대로 입단속 해 둘 걸 그랬나? 너무 불안한데?"

"불안해야겠지, 네가 한두 번 사고 친 게 아니니까."

"뭐?"

방금의 대화는 그렇다 쳐도, 걸핏하면 들이받으니 이 사태가 벌어진 게 아니냐며 유민하가 혀를 찼다.

"너는 적당히 참을 줄도 알아야 하긴 해. 그 싸가지론 나중에 선배한테도 대걸레 날렸을 거야, 너는."

별생각 없이 던진 유민하의 말.

어?

그 말은 전혀 예상치 못한 사람을 부메랑처럼 때리며 돌아왔다.

아무것도 모르는 서하린이 그 말을 받아친다.

"야, 나도 그 정도는……."

"……."

유민하가 두 눈을 끔뻑이며 중얼거렸다.

"뭐야, 이 정적은?"

뒤늦게 눈치챈 유민하가 눈썹을 들썩였다.

아.

"날린 사람 있구나."

학기 초에 대걸레로 선배를 후려 팬 놈이 여기에 있었다.

＊　　　　　＊　　　　　＊

한시은은 노력 없이 빽으로 승부 보는 부류의 사람들을 좋아하지 않았다.

데뷔 클래스 내에 도는 소문을 들었을 때, 서하린이 그런 사람일 거라고 생각했다.

고집불통에 독선적이고 싸가지 없는 후배.

제 능력은 없지만, 이사장의 조카라는 지위로 서울예고를 합격하고. 데뷔 클래스 안에 들었을 거라고.

전부 그녀가 일궈 낸 능력이 아니라 생각하며 속으론 폄하했다.

하지만 그런 제 추측은 전부 틀렸다.

한재규 선생의 안무 시간에 봤던 것처럼, 서하린은 충분한 실력을 가진 후배였고. 제 위치에서 할 수 있는 것들을 하면서 꾸준히 노력해 왔다.

심장이 쿵쿵, 빠르게 뛰었다.

잘 알지도 못하는 후배를 마음속에서 제멋대로 재단해 버린 것에 대한 죄책감이었다.

'보이는 게 다는 아니야.'

그 당연한 사실을 다시 한번 마음속에 새기며 한시은은 이를 악물었다.

그리고, 그것은 강지연을 보는 시선에도 해당되는 소리였다.

자신한테는 한없이 사근사근했던 친구가, 고작 한 살 어린 후배를 자격지심에 달달 볶았다는 것이. 한시은은 믿기지 않았다.

하지만, 늘 그렇듯.

갈등은 양자의 입장을 모두 들어 봐야 한다.

한시은은 그렇기에 단정 짓지 않으려 했으나, 주체할 수 없는 실망감을 안고서 여자 휴게실에 들어섰다.

"서하린? 눈 똑바로 치켜뜨고서 나 이겨 먹으려고 하는 거 봤지?"

"봤지. 걔, 미친 줄 알았다니까?"

"루디올에서는 설설 기던 어린 애가 서울예고 오니까 뵈는 게 없나 봐. 이사장 빽 믿고 설치는 거 내가 모를 줄 알아? 하, 학교 돌아가는 꼬라지 하고는……."

하필, 들어오자마자 처음 들은 주제가 이것이었고.

"루디올에서 확실히 밟아 줬어야 애가 정신을 차렸을 텐데."

하필, 예상대로 실망스러웠다.

한시은은 문고리를 잡은 채 얼굴을 찡그렸다.

자신이 들어왔는지도 모르고 있는 제 친구는, 여전히 붉게 달아오른 얼굴로 서하린을 씹고 있었다.

"교무실 가니까 돈 봉투 있더라니까? 내 눈으로 똑똑히 봤어. 분명 찔러 넣은 거시, 재수 없는 년. 실력이 없으니까 그렇게라도 들어오려고 한 거 아니야?"

소문을 만들어 내는 것은 쉽다.

하지만, 해명을 위해서는 그 어떤 말을 갖다 붙여도.

사람들은 믿어 주지 않는다.

그렇기에, 누군가는 자극적인 루머를 던질 뿐이다.

그저 씹으면서, 즐기고, 한 발 물러서 있을 뿐이다.

그 사실에 어느 정도 동조했다는 생각에.

그 역겨움을 참을 수 없어서 조소를 흘렸다.

아니, 입을 열었다.

"강지연, 번지수 잘못 찾은 거 아니야?"

살벌하게 욕설을 뱉어 내던 강지연이 놀란 눈으로 고개를 돌린다.

그것도 잠시, 가면을 덧씌운 얼굴은 무슨 일 있었냐는 듯 웃어 보였다.

"어, 시은아! 왔어?"

하지만, 아무 일 없었다는 듯.

한시은은 그렇게 나올 생각이 없었다.

"번지수 제대로 잘못 찾은 거 같다고."

"그게 무슨 소리야?"

"빽으로 데뷔반 들어갔다는 소리 할 거면, 서하린이 아니라 내 이름을 올렸어야 하지 않아?"

뒤늦게 그녀의 말을 이해한 강지연의 얼굴이 어두워진다.

곧바로, 한시은은 강지연의 정곡을 찔렀다.

"너, 그렇게 생각했을 거잖아."

"……."

"아니야?"

한시은은 강지연을 차갑게 내려다보며 웃었다.

서을예고 이사장의 조카, 서하린.

그 애를 그리 까 내릴 거라면.

SW 엔터 대표의 첫째 딸인 제 이름도 수없이 까 내렸어야 맞지 않나?

*　　　　*　　　　*

한시은이 SW 엔터 대표의 딸이라는 사실은, 3학년 중에서도 몇몇만 알고 있었던 이야기였다.

그중 한 사람이 강지연이었다. 친하다고 생각했고, 그렇기에 말해도 문제없을 거라 여겼다.

하지만, 강지연은 서하린을 싫어하는 만큼, 한시은을 싫어했다.

그건 분명 자격지심이 맞았다.

3학년 전체를 놓고 봐도 압도적인 한시은의 기량. 저 친구는 분명 SW 엔터에서 데뷔하게 될 테니까, 잘 붙어 다니면서 함께 데뷔할 수 있다면. 그러면 되는 게 아니겠는가.

강지연은 철저히 제 감정을 숨겼다.

모든 걸 다 가지고 태어난 주제에, 재능까지 타고난 한시은을 보면서. 속으론 폄하하려 했으나 티를 내지 않았다. 그건 이번에도 크게 다르지 않았다.

"내가 무슨 그런 생각을 해……."

겉과 속이 판이하게 다른 행동.

강지연은 어색하게 웃어 보이며 한시은의 말에 부정했다.

"너랑 서하린이랑 어떻게 같아. 너는 당당히 서울예고 들어온 거잖아. 실력도 우리 학년 중에서 가장 좋고……."

숨 막힐 듯한 정적이 이어졌기에, 강지연은 다급히 말을 더했다.

"서하린 걔는 진짜 빽으로 들어온 거지. 실력도 없고, 애가 싸가지도 좀 없잖아……. 네가 봐도 좀 그렇지 않아?"

"걔가 너보다 잘하던데."

"뭐?"

"춤 잘 추더라고."

한시은은 단호하게 강지연의 말을 끊었다. 예상치 못한 대답을 받은 강지연의 얼굴이 붉게 달아올랐다.

당연히 제 편을 들 거라 생각했던 한시은이다.

같은 학년이고, 같은 팀원이며, 꽤 오랜 시간을 붙어 다녔다. 가면을 쓴 채 대하는 친구 사이라 할지라도, 그런 것에 둔한 한시은은 눈치채지 못할 줄 알았다.

심한 말 같은 건 하지도 못하는 애가.

서하린의 실력이 자신보다 낮다고 면전에 대고 말할 줄은 몰랐다.

강지연의 가면이 구겨지려 한다.

"너, 갑자기 왜 그래……."

말끝은 흐리지만 싸늘하게 식어 가는 표정.

제 감정을 숨기지 못했기에 온연히 드러내 버린 실수.

그 일그러짐을 눈치챈 한시은이 쐐기를 박았다.

"함부로 추측하지 마. 주워 담을 수도 없으니까."

그것은 자기 자신에게 하는 말이기도 했다.

*   *   *

2학년 학년부장, 이규필 선생은 뒷짐을 진 채 복도를 걸어가고 있었다.

2학년 교실은 위층으로 해 놓고선 교무실은 아래층, 그것도 왜 이리 먼 곳에 박아 났나.

매일 계단을 오르락내리락했더니 무릎이 시큰거린다, 그런 투정을 하며 교무실 앞에 도착했을 때였다.

덥석.

웬 청년이 제 팔을 붙들었다.

"부장님, 섭외 문제로 찾아왔는데요. 잠시만요!"

주섬주섬.

주머니에서 명함을 꺼낸 남자가 그것을 이규필 선생의 손에 쥐여 주었다.

뛰어왔는지 숨을 헐떡거리면서도 두 눈을 반짝인다.

이규필 선생은 명함을 들어 남자의 이름을 확인했다.

밖에서 출입증을 받고 들어온 작가가 있다더만, 이 사람이었나.

이름은 유재현, 최은미 작가의 보조 작가라고 늘었던 것 같다.

에이틴 애들도 저 작가한테 섭외받아서 드라마에 특별 출연을 했었지.

유재현은 숨을 고르며 자신이 찾아온 용건을 설명했다.

"제가 이번에 새로 들어간 토크쇼가 있거든요."

"아, 예능 쪽으로 옮겼나?"

"어어, 저 기억하십니까? 원래 드라마 보조 작가 하다가, 이번에 KBC 예능국으로 갔거든요. 제가 막내라서… 섭외를 해야 하는데……."

"우리 학교 학생들 섭외하려고?"

"넵!"

이규필 선생은 턱을 쓸어내리며 유재현을 떠봤다.

아무 학생이나 찔러봐 달라고 대책 없이 여길 온 건 아닌 것 같은데.

아니나 다를까, 유재현이 먼저 눈치를 살피며 입을 열었다.

"아무래도 데뷔 클래스 애들 쪽으로…… 생각하고 있습니다. 얼마 뒤에 기말 재평가 한다는 소식을 들었는데, 혹시 제가 무대 좀 볼 수 있을까요?"

거기서 적당히 끼가 보이는 애들도 섭외하고 싶다는 얘기겠지.

이규필 선생은 유재현의 의중을 깨닫고는 고개를 끄덕였다.

이번 재평가는 외부인 없이 진행된다. 소속사 관계자들은 물론이고, 기자들도 초청하지 않을 예정이다. 비공식적으로 열리는 평가지만, 막내 작가 하나 들여서 문제 될 건 없었다.

"대신 티 안 나게, 꼽사리 껴서 들어와."

"네, 감사합니다!"

유재현은 패기 있게 인사하며 웃어 보였다.

*　　　　*　　　　*

기말 재평가 당일이 되었다.

기자도, 관계자도 오지 않는 조용한 평가장이지만, 데뷔 클래스의 이름이 걸린 이상 그 어떤 평가도 중요하지 않은 것은 없었다.

저마다 제자리를 사수하기 위해, 말을 하진 않아도 눈치를 보며 싸우고 있다.

흡사 전쟁터 같은 현장이다.

아까부터 정신없이 동선을 체크하는 이유승, 마이크를 확인하는 유민하.

그 진지한 눈빛들을 보면서 신서진은 그렇게 생각했다.

그리고, 반가운 얼굴들이 응원을 왔다.

탁탁— 마이크를 때리며 음량을 체크하던 유민하가 환하게 웃으며 고개를 들었다.

"다영아아악!"

"응… 으응!"

이다영이 유민하의 품에 안긴 채 꼼지락거린다. 빠져나가려는 모양새지만 그리 쉬울 리가 없다. 이다영은 주머니에서 막대 사탕 세 개를 꺼내어 유민하에게 건넸다.

"무대 전에 긴장되면……. 달달한 거라도 먹고 힘내라고 가져왔어!"

"헉, 진짜? 다영아, 너는 정말 천사라구!"

"응?"

"고마워, 잘 먹을게!"

A반 수업을 들을 때마다 매일 보는 얼굴이지만, 기말 재평가 준비로 바빠서 그런가 엄청 오랜만에 보는 기분이다. 사적인 시간을 보낼 틈이 거의 없었기 때문일 것이다.

작곡에 두각을 보이는 이다영은 자작곡 샘플 제작과 함께 1학기 기말고사 준비에 한창이었다.

지난번에 봤을 때로는 데뷔 클래스에 들어오고 싶어 하는 의지가 굳건했다. 그렇기에, 세 명을 바라보는 눈빛은 응원과 동시에 갈망이었다.

"잘하고 와. 아니… 잘할 거야!"

나도 열심히 해서 데뷔 클래스에 들어올 테니.

소중히 얻은 이 자리를 놓치지 말고 잡고 있으라는, 그런 진심 어린 응원.

이다영은 소심한 목소리로 웅얼거리면서도 제 할 말은 다 했다.

서울예고에서는 흔치 않은 훈훈함이라서 신서진의 입가에도 피식 웃음이 새어 나왔다.

그 옆엔 껄렁이며 운동화 끈을 묶고 있는 최성훈이 있었다.

이다영과 마찬가지로 친구들을 응원하러 온 얼굴이었다.

"뭐… 먹을 거 없냐?"

…도움이 되는지는 모르겠지만.

최성훈은 자리에 앉자마자 허겁지겁 초코파이를 찾았고, 이유승이 건넨 초코파이를 한입에 베어 물었다.

"종일 연습하다 와서 배고파 죽는 줄 알았네."

"…네가?"

"왜 그런 눈으로 봐? 내가 요즘 얼마나 열심히 했는 줄 아냐?"

이유승의 황당한 시선에 최성훈이 억울하다는 낯빛으로 받아쳤다.

아무래도 연습을 데뷔 클래스 반에서만 하다 보니, 최성훈의 실력이 어느 정도로 늘었는지는 확인하지 못하고 있었다.

"하……. 보면 깜짝 놀랄걸?"

"너야말로 깜짝 놀랄걸. 너, 신서진 쟤 얼마나 늘었는지 모르지?"

"신서진? 쟤는 원래 잘하잖아……."

"더 늘었어. 네가 따라오려면 멀었어."

"바로 의지를 꺾어 버리죠? 쯧, 이런 애들을 내가 친구랍시고 응원하러 왔다."

최성훈은 어깨를 으쓱이며 혀를 찼다. 유민하는 능청스럽게 최성훈의 말에 대답했다.

"고맙다. 평가 결과 잘 나오면 절할게."

"알면 됐다."

원래는 재학생도 평가장 출입 금지였지만, 예외적으로 친구 몇 명은 초대 가능하다고 해서 이 두 사람이 왔다. 기왕 온 김에 제대로 응원해 주겠답시고 나름 주섬주섬 뭔가를 싸 온 모양이었다.

최성훈은 검은 배낭에서 화려해 보이는 응원 도구를 꺼냈다.

형광색에 마치 나팔 악기와 같은 비주얼. 최성훈이 해맑게 웃으며 그것을 집어 들었다.

"부부젤라. 어때?"

부우우우우―.

신서진이 감당하기엔 다소 엄청난 사운드.

웬 기차 화통을 삶아 먹은 듯한 소리에 깜짝 놀라서 유민하가 건넨 마이크를 떨굴 뻔했다.

아.

"야, 미친놈아!"

"최성훈, 뒈진다!"

생각보다 큰 소리에 저편에서 즉각 욕설이 들려오자, 최성훈은 머쓱해하며 부부젤라를 내던졌다.

유민하만이 차분하게 혀를 찰 뿐이었다.

"되겠냐고."

"미안. 운동회 때 남은 거 꿍쳐 온 건데."

최성훈은 개의치 않고 다음 도구를 꺼내 들었다.

이번엔 한 손에 다 들리지도 않는 현수막.

유민하가 기겁하며 인상을 찌푸렸다.

"뭐야, 너네 현수막도 맞췄어?"

"수원 FC 선수들 응원합니다……. 미안. 집에 있던 거 주워 온 거라… 악!"

맞을 만했다.

응원 현수막은 맞는데 그 응원의 주체가 우리가 아니었던 모양이었다.

최성훈이 저러는 거 하루 이틀도 아니고.

이미 기대를 놓고 있었던 신서진은 태연하게 어깨를 으쓱였다.

또 뭔가를 주섬주섬 꺼내 드는 최성훈의 뒤통수를, 이유승이 가볍게 갈겼다.

"얀마, 적당히 해라."

"이건 응원의 찹쌀떡……."

"…내놔."

"안 먹는다며!"

"아, 먹을 거부터 꺼냈어야지! 치사하게 그런 게 어딨냐."

"치사한 건… 부부젤라랑 현수막 안 받으면서 먹을 거엔 진심인 너지!"

"야야, 거기 거 맛있다고."

"줄까? 줄까?"

최성훈의 손에 들린 찹쌀떡이 이유승의 입에 들어가…….

홱!

…려다 최성훈의 손놀림에 농락당했고.

"아아아악!"

"줘도 못 먹네."

"야, 최성훈! 너 일로 와라!"

역시 애들은 뭘 가지고도 잘 논다.

신서진은 다급히 복도로 도망치는 최성훈과, 그를 따라잡으려 달려 나가는 이유승의 뒷모습을 보면서 중얼거렸다.

"저런."

"왜들 저런담."

유민하는 안 먹고 말지, 하는 얼굴로 다시 연습에 들어갔다.

저리 뛰어노는 것이 긴장을 풀기엔 좋을 터.

신서진은 피식 웃으며 가사지를 마지막으로 체크했다.

퍼포먼스 위주의 평가지만, 강점인 보컬을 게을리할 수는 없기에.

신서진의 가사지는 이미 낙서들로 가득 차 있었다.

어느 부분에서 호흡해야 할지, 악센트를 줘야 할지. 감정을 실어야 할지.

짧은 시간 동안 연습한 가사지엔 그가 고민했던 흔적들이 남아 있다.

본 무대까지는 두 시간도 채 남지 않았다.

최대한 많은 것들을 숙지하고 무대에 오를 생각으로, 신서진은 집중을 끌어올렸다.

마치 마법처럼 주변이 고요해진다.

신의 집중력은 인간의 것을 아득히 뛰어넘었기에, 시끌시끌한 대기실에서도 공간이 분리된 듯 집중력을 유지할 수 있다. 신서진은 마치 이 공간에 혼자 남겨진 것처럼, 명상하듯 시간을 보냈다.

모든 기력을 끌어모아 마지막 동선을 체크하고 안무를 점검한다.

꽤 긴 분량의 가사지를 전부 3회독 하고, 사소한 디테일도 머릿속에 집어넣을 수 있도록.

신서진의 머리가 빠르게 회전했다.

하지만, 그 경이로운 집중력을 뚫고 누군가 다급히 외치는 듯하다.

거의 다 끝났는데…….

마지막 검토만 하면 될 것인데.

자꾸만 집중을 흐트러뜨리는 목소리가 있다.

그 목소리가 절망하듯, 위태롭게 외친다.

그 내용을 들은 건 마침내 집중의 벽이 깨졌을 즈음이었다.

"옷이… 사라졌어!"

"뭐?"

"무대에 입고 올라가야 하는 옷이 안 보인다고!"

패닉에 빠진 얼굴로 외치는 한 사람.

신서진은 놀란 눈으로 고개를 돌렸다.

음?

"그게 무슨 소리야? 어떻게 된 거야?"

"분명 사물함에 있었는데……. 어제 까먹지 않고 넣어 뒀는데……. 그게… 그게 지금 확인해 보니까 없어졌어……. 그럴 리가 없는데……."

서하린은 절규하듯 말을 뱉었고, 새하얗게 질린 낯빛으로 주저앉았다.

"어떻게 해……? 무대까지 겨우 두 시간 남았는데?"

그 소리에 머리가 얼어붙은 건 신서진도 마찬가지였다.

*   *   *

서하린은 충격에 빠져서 말을 제대로 하지도 못했다.

무대까지 채 두 시간도 남지 않았다.

이제 와서 다시 의상을 짜 맞출 수도 없는 상황에서, 무대의 컨셉에 맞는 원래 의상을 잃어버린 것은 큰 타격이었다.

관객이 무대를 볼 때, 춤과 노래만 보는 것이 아니다.

어찌 보면 K-POP의 중요 요소라 볼 수 있는 의상과 메이크 업. 그걸 알았기에 이번 의상도 디오니 벨튼에게 부탁했었다.

물론 그것은 신서진만 알고 있는 사실이나, 꼭 그게 아니더라도 따로 맞춘 옷이 사라진 것은 충분히 패닉이 빠질 만한 일이었다.

사소한 부분에서 틀어져도 모든 것이 무너질 수 있는 무대다.

첫 단추부터 대단히 잘못 꿰였다는 생각에 서하린은 눈물을 참지 못했다.

"옷이… 옷이 대체 어디 간 거지……."

자존심이 강해서 약한 모습이라곤 보여주려 하지 않는 애가, 완전히 정신을 놓아 버렸다.

자신 때문에 무대를 망칠지도 모른다는 중압감에 미쳐 버린 것 같았다.

서하린은 거친 숨을 몰아쉬며 머리를 감싸 쥐었다.

유민하는 그런 서하린을 진정시키기 위해 어깨를 토닥였다.

"다른 곳에 꺼낸 적은 없어?"

"정말… 없어……. 연습할 때 의상을 들고 다닌 것도 아니고……. 사물함에 짱 박아 놨거든……."

"거기가 아니라 딴 데 뒀을 수도 있잖아. 한번 잘 생각해 봐."

유민하의 토닥임에 서하린은 생각을 가다듬으면서도 눈물을 흘렸다.

차분히 제 기억을 복기해 보려 애쓴다. 인간의 기억력은 생각보다 나약하기에 다른 곳에 두고 헤매고 있었을 가능성도 높다.

하지만, 그런 가능성조차.

10분 뒤에는 무너져 버렸다.

실낱 같은 희망으로 있을 만한 곳을 전부 뒤졌으나 나오는 건 없었다.

서하린은 넋이 나간 얼굴로 다시 주저앉았다.

"애초에 받았던 처음부터… 바로 거기에 넣어 둔 거라. 정말… 다른 곳에 뒀을 리가 없어……."

어제까지만 해도 멀쩡하게 있는 걸 확인했는데, 지금 보니 사라졌다.

믿을 수 없는 현실을 읊어 나가는 서하린을 보며, 이유승의 표정은 어두워졌다.

"……."

한참 뒤에야, 이유승이 조심스럽게 입을 뗐다.

"나도 아니길 바라는데……."

한 가지 가능성이 떠오른다.

"혹시 누가 가져간 거 아니야?"

묵직한 한마디에 서하린은 입을 다물었다. 유민하도, 신서진도 크게 다르지는 않았다. 애초에 모두가 비슷한 생각을 하고 있었으니까.

삼각김밥도 혼자 못 까먹는 부실한 애긴 하지만, 서하린은 이런 면에선 꼼꼼한 성격이다.

그 중요한 무대 의상을 밖에 흘리고 다닐 정도로 칠칠맞은 애가 아니라는 말이다.

있어야 할 자리에, 있어야 할 물건이 없다.

누군가 가져갔을지도 모른다는 생각이 강하게 들 수밖에.

"맞는 거 같아……"

서하린은 하얗게 질린 얼굴로 중얼거린다.

"충분히 가능성 있는 얘기야……"

"어떻게 할 거야?"

"이대로 있을 수는 없어."

평가 당일에 옷을 빼돌릴 정도로 저를 싫어하는 사람. 충분히 상처받을 말이었지만, 서하린은 울먹이고 있지만은 않았다.

서하린이 주먹을 세게 쥔 채 자리에서 벌떡 일어났다.

"나 싫어하는 사람 겁나 많아서 감은 안 잡히는데……. 그래도 나를 특히 더 싫어할 사람 하나 있거든? 한번 떠보고 올게."

"누구? 강지연 선배? 지금 거길 찾아가려고?"

"응. 멍청하게 기다리고 있을 수는 없잖아. 확인해 봐야지."

통할지 안 통할지는 몰라도, 서하린은 강지연과 정면 돌파를 시도해 보려 했다.

서하린의 말대로 가만히 있는 것보단 나은 행동이다.

"……"

"서하린!"

쾅―.

문이 닫히는 소리와 함께, 서하린은 급하게 자리를 떴다.

"우리는 어쩌지……."

그리고, 나머지도.

저마다 할 일을 찾기 위해 머리를 굴리기 시작했다.

유민하는 다급한 목소리로 신서진에게 물었다.

"신서진, 혹시 의상 구한 곳에서 한 벌만 더 구해 올 수는 없을까?"

"그건 힘들 거 같은데."

"비슷한 옷도?"

"아마 없을 거야."

기성품이었으면 가능했겠지만 디오니소스가 맞춤 제작한 옷이다.

무대까지 1시간 반도 남지 않은 상황에서 다시 옷을 만든다는 게 가능할 거라 생각되지 않았다.

아무리 신이라도, 옷 나와라 뚝딱— 한다고 그게 튀어나오는 게 아니니까.

유민하는 포기하지 않고 플랜 B로 방향을 바꿨다.

침착함을 잃지 않은 목소리가 이유승에게 말했다.

"음, 그러면 가장 무난하게 흰 티에 청바지로 가자. 유승아, 네가 지금 가서 구해 올 수 있겠어?"

"최대한 구해 볼게. 애들도 흰 티에 청바지 정돈 가지고 있으니까."

"내 사물함에도 흰 티셔츠 몇 벌 있거든? 하린이랑도 대충 사이즈 맞을 거니까, 두 벌 가지고 와!"

"어, 지금 바로 갔다 올게!"

그렇게 각자 해야 할 일을 찾아 떠난다.

갑자기 맞닥뜨린 커다란 벽 앞에서 그대로 좌절하고 주저앉을 수는 없기에.

서하린은 벽을 부수러 갔고.

이유승과 유민하는 벽을 돌아갈 방법을 찾는다.

한 시간 남짓한 시간이 남았다.

유민하는 초조한 목소리로 신서진에게 말을 걸었다.

뭐라도 해야 할 것 같은 압박감 때문이었다.

"신서진, 우리는 여기서 리허설이라도 마저 하고 있을까?"

"……."

신서진은 유민하의 말에 고개를 저었다.

나는 벽을 부수는 법도, 돌아가는 법도 모르지만.

벽을 만든 놈을 족치는 방법은 아주 잘 알고 있다.

"아니, 나도 가 봐야 할 곳이 생겼어."

그러니, 조지러 간다.

＊   ＊   ＊

모든 게 다 제 잘못이다.

누구나 나쁜 마음을 먹으면 훔쳐 갈 수 있는 제 사물함에 옷을 둔 것도.

괜히 도발을 해서 그런 여지를 준 것도.

멍청하게 그걸 무대에 오르기 두 시간 전에 확인한 것도.

전부 제 잘못이다.

서하린은 이를 악문 채 발걸음을 재촉했다.

'의상을 돌려받아야 해.'

머릿속에는 온통 그 생각뿐이다.

서하린은 반쯤 이성을 잃은 채 3학년 교실 문 앞에 섰다.

강지연이 여기 있다고 했다.

강지연이 의상을 훔쳐 갔다는 확신은 없지만, 가장 최근에 시비가 붙었으며 자신을 싫어할 이유가 충분한 사람이다. 가능성을 따지자면 이쪽이 가장 높았다.

그렇기에 단도직입적으로 물을 것이다.

심호흡을 끝낸 서하린이 벌컥, 문을 열어젖혔다.

다른 데 찾으러 갈 것도 없이 창가맡에 서 있는 강지연을 단번에 만날 수 있었다.

고데기로 빳빳하게 머리를 펴느라 여념 없어 보이는 건방진 3학년 선배, 강지연.

루디올 엔터에서의 악몽이자, 한없이 두려웠던 사람이었다.

고작 한 살 차이라는 게 믿기지 않을 만큼.

한때, 강지연은 커 보였다.

자신은 그 당시의 어린애가 아니다.

어느새 강지연보다 훌쩍 커 버린 키로, 서하린이 그 앞에 섰다.

신경질적으로 껌을 씹어 대던 강지연이 고데기를 탁, 소리 나게 내려놓았다.

"싸가지 없는 건 원래부터 알았지만, 이 정도 지경인 줄은 몰랐네?"

"……."

"야, 여기 3학년 교실인 거 안 보여? 왜 네 집처럼 자연스럽게
드나들어?"

"제 옷 돌려주세요."

"뭐?"

"옷 돌려주세요, 급하니까."

강지연은 서하린의 한마디에 얼굴을 일그러뜨렸다.

찰나의 순간이었지만, 강지연의 눈빛은 크게 동요했다.

"내가 네 무대 의상 어디다 팔아먹었는지 어떻게 알아?"

"무대 의상이라고 한 적 없는데요."

"……."

"맞네요. 선배가 가져가셨죠?"

말실수를 꼬투리 잡고 늘어지는 서하린을 보며, 강지연은 비릿
한 웃음을 흘렸다.

"무대 앞두고 존나게 찾으니까 무대 의상이겠거니 한 거지.
왜? 내가 가져간 거 같아? 그래서 개념 없이 여기까지 찾아와서
나 추궁하는 거니?"

"선배 아니면 그럴 사람이 없으니까요."

"…왜 없어? 여기 다 너 싫어하는데."

사방에서 쏟아지는 싸늘한 시선.

그제야 서하린은 자신이 적진 한복판에 겁 없이 발을 디뎠음
을 깨달았다.

여기, 제 편을 들어줄 사람은 없다.

"내가 가져갔다 쳐. 너, 증거 있어?"

"……."

"네가 여기저기 등신같이 굴리고 다니다가 잃어버린 건 아니고?"

그게 아니라는 걸 알지만, 반박할 수 있는 말이 없다.

기세를 잡은 강지연이 서하린을 더욱 몰아붙인다.

서하린은 자신 때문에 무대를 망칠까 봐 죄책감을 느끼고 있었고.

쉽게 강지연의 말을 받아치지 못했다.

그럴 겨를이 없었으니까.

그렇기에 강지연은 날이 선 말을 토해 냈다.

"네 잘못이지. 잃어버렸어도 네 잘못이고, 누가 훔쳐 갔어도 네 잘못 아냐? 누가 중요한 무대 의상을 너처럼 막 굴리니?"

"그건……."

"그래 놓고 생사람 잡으면서 질질 짜기는."

"생사람이 아니잖아!"

"네 수준이 딱 거기까지밖에 안 되는 거야. 그러니까 낙하산이지."

"하… 하……."

네 잘못을 인정해라.

한없이 뻔뻔한 강지연을 보면서 서하린은 뒤늦게 의문이 들었다.

전부 제 잘못이라 생각하면서, 그 죄책감을 안고 여기를 왔다.

어떻게든 내 선에서 해결해 보려고.

씨알도 먹히지 않을 걸 아는 이 자리에서.

상처만 받을 걸 아는 이 자리에서.

싸워 보려 했다.

그게 전부…….

'전부 다 내 잘못이야?'

몰래 남의 사물함을 열어서 옷을 훔쳐 간 놈이.

도발 좀 했다고 비겁하게 반칙을 쓴 놈이.

교활하게 그걸 무대 서는 당일에 빼돌린 놈이.

잘못한 거 아닌가?

서하린의 눈이 잠깐 돌았다. 어차피 이렇게 된 이상 더 잃을 것도 없었다.

빠르게 교실 뒤편을 둘러본 서하린의 눈에 이름표가 들어왔다.

서하린은 그쪽으로 달려가 사물함을 열어젖혔다.

"야, 너 뭐 하는 거야!"

강지연의 발악에 가까운 비명을 무시하고, 서하린은 사물함 안을 정신없이 뒤진다.

뭐라도 찾아가야 한다. 눈물이 앞을 가리는데, 포기할 수가 없어서 발악하는 건 이쪽도 마찬가지다.

강지연이 제 팔을 움켜쥐고 밀어 대는 와중에도, 서하린은 사물함 안에 쌓인 책을 꺼냈고, 칫솔을 꺼냈고, 파우치를 꺼내었다.

하지만, 그 안에도 그토록 찾고 있었던 제 의상은 없었다.

"어딨어… 어디다 뒀어……."

찾아야 해.

무슨 일이 있더라도 반드시 찾아야 해.

벌컥─.

서하린은 이를 악문 채 옆에 있는 다른 사물함을 열어젖혔다. 그걸 뒤에서 지켜보고 있던 다른 3학년들이 냅다 소리를 질렀다.

"야! 너 미쳤어?"

"남의 반에 와서 행패도 정도껏이지. 너 제정신이야?"

애초에 이길 수 없는 싸움이었다.

사물함을 뒤지려는 자신을 막아 세우는 3학년들. 조소를 머금은 채 자신을 조롱하는 강지연.

저를 둘러싸고 있는 사람들을 올려다보며 서하린은 피가 날 정도로 아랫입술을 깨물었다.

'어차피 다 한통속이구나.'

찾을 수 없을 거란 예감이 강하게 들었다.

이미 찢어 버렸을지도 모른다는, 그런 가정마저 들었다.

애들이 기다리고 있을 텐데.

대체 어떻게 변명해야 할지조차 감을 잡을 수 없어, 서하린은 다시 스스로를 자책한다.

"하… 하아……."

루디올에서도 그랬다.

지금도 그렇다.

단순히 실력에선 자신이 앞섰을지 몰라도.

인간관계를 다루는 것에 있어서는 이번에도 강지연에 밀리고 말았다.

세상은 저리 교활하고 이기적으로 살았어야 했는데.

저 역겨운 방식을 취하지 못해서.

나는 이번에도 졌다.

"갈게요······."

아무 수확도 얻지 못한 서하린이 울먹이며 돌아설 때였다.

나무 문을 움켜쥐려던 서하린은 뜻밖의 얼굴에 멈춰 섰다.

"벌써부터 소란스럽네."

드르륵.

서하린을 가볍게 밀고선 들어온 신서진이 나직이 중얼거린다.

서하린의 두 눈은 동그래진다.

"네··· 네가 왜 여기에······."

그 말에 답하는 대신.

신서진은 강지연을 바라보며 피식 웃었다.

"도둑고양이가 어디 숨어들었나 했더니······. 여기 있었네."

"뭐?"

"숨을 수 있을 줄 알았나?"

서하린이 한 번도 보지 못한, 살벌한 눈웃음이었다.

*   *   *

서하린이 지켜보는 가운데, 신서진이 입을 뗴었다.

"네가 훔쳐 간 게 맞군."

눈빛만 봐도 알 수 있었다.

저건 거짓말을 하는 인간의 눈이다. 백 년 묵은 구렁이처럼 온갖 교활한 척은 다 하나, 속은 텅 빈 강정일 뿐. 이 엄청난 거짓말을 숨길 수 있는 능력도 계획도 없다.

신서진은 여유롭게 웃으며 강지연을 도발했다.

"왜 훔쳐 간 거지? 그 의상이 탐나서… 는 아닐 테고. 서하린에게 제대로 엿이라도 먹이고 싶었나? 그 방법이 남의 무대 망치는 거고?"

"이것들이 단체로 싸가지를 밥 말아 먹었나. 야, 너도 반말이니?"

"존대는 네가 나에게 해야겠지."

신서진은 한산한 교실을 천천히 둘러보았다.

그나마 다행인 건, 대부분은 체육 시간을 준비하러 나간 건지 여기엔 강지연과 그 패거리들, 그리고 서하린뿐이다.

빛의 가루를 뿜어 내는 카두케우스를 손으로 만지작거리면서, 신서진은 생각한다.

'기억은 다 지워 버리면 그만이지.'

과거의 힘을 어느 정도 되찾은 지금이라면 못 할 일도 아니다.

신서진은 입꼬리를 씨익 올린 채 강지연을 마저 추궁했다.

"어디에 숨겼는지 말해 주는 게 나을 거다."

"…쌍으로 돌아 버렸구나?"

"너를 위한 소리다."

서하린은 대체 무슨 일이 일어나는지 알 수 없어 고개를 두리번거렸다.

기분 탓인지 몰라도, 지금의 신서진은 평상시와는 완전 다른 사람이 된 것 같았다.

'미묘하게 말투도 바뀐 것 같은데.'

늘 생글생글거리며 사람 열받게 하던 녀석이, 싸늘하게 정색하며 읊조린다.

그 기세에는 분명 인간도 감지할 수 있는 무언의 위압감이 있었다.

저벅저벅.

신서진이 한 발짝씩 강지연에게 다가간다.

발악하느라 아직 그 위압감을 눈치채지 못한 강지연은 조소와 함께 말을 쏘아붙였다.

"마지막 기회야. 돌려줄 것이 있다면, 지금 돌려 놔라."

"하……. 표정만 보면 아주 한 대 치겠다? 왜? 너도 쟤처럼 머리채라도 잡게?"

강지연의 폭언에도 신서진은 동상처럼 멀뚱히 서 있을 뿐이다.

강지연의 말이 너무 가당치도 않았기 때문이다.

"이런 경우에 보통의 나는, 머리채를 잡는 쪽이 아니라……."

"머리를 자르는 쪽을 택했지."

"뭐… 뭐?"

강지연의 두 눈에 경악스러움이 물들려던 찰나.

"나가 있어, 서하린."

신서진은 서하린을 쫓아내고 문을 닫았다.

　　　　　*　　　　　*　　　　　*

　쾅.

　동시에, 강지연의 옆에 있던 패거리들이 차례로 쓰러진다.

　지팡이 카두케우스. 적당히 쌓인 빛의 가루로 일시에 전원을 기절시켰다.

　죽인 것은 아니다, 단순히 재운 것뿐이니.

　이건 협박이 아니다.

　허세는 더더욱 아니다.

　바로 옆에 있던 친구들이 낙엽처럼 쓰러져 가는 걸 보면서, 강지연은 입을 틀어막았다.

　꿈인가?

　내… 내가 지금 뭘 보고 있는거지?

　"너… 너… 뭐 하는 애야……."

　강지연은 완전히 겁에 질려 버렸다. 도무지 과학적으로는 설명할 수 없는 현상에, 귀신에라도 홀린 듯한 기분이 들었지만. 눈앞의 상대는 귀신이 아니었다.

　잡귀(雜鬼)가 아니라 신(神)이다.

　"너 뭐 하는 애냐고!"

　터벅터벅.

　그런 존재가 한 걸음, 한 걸음. 더 가까이 자신을 향해 걸어온다.

　얼어붙은 발은 멍청하게 움직이질 않았다.

　뒷걸음질이라도 쳐야 하는데, 그마저 제 뜻대로 되지 않았다.

"허엽… 헙……."

새하얀 얼굴은 이미 창백하게 질려 있었다.

강지연은 바들바들 떨면서 코앞까지 다가온 신서진을 올려보았다.

신서진이 건조한 목소리로 입을 열었다.

"이번엔 말할 생각이 조금 생긴 듯한데."

"대… 대체……."

"어디에 숨겨 뒀지?"

지금 이 공포를 이겨 낼 정도로 강지연은 단단하지 않다. 결국 강지연은 솔직하게 의상을 숨겨 둔 위치를 실토하는 것으로, 신서진의 손아귀에서 빠져나가려 했다.

학교 내에 CCTV가 있는 것도 아니고, 아침 일찍 서하린의 사물함에서 의상 좀 빼돌린다 한들 그 증거를 잡을 수 있을 리 없다. 심증은 있겠지만 잡아떼기만 해도 처벌받을 일은 없다고 생각해서 시작한 일이다.

여전히 재수없는 서하린의 코를 납작하게 눌러 주고, 한 조를 완벽하게 제칠 수 있는 계획.

강지연은 교활하게 판단했으나 결국 실패했다.

"아래층에… 아래층에… 있는데……."

신서진은 덜덜 떨고 있는 강지연을 빤히 노려보며 나직이 중얼거렸다.

"후회할 거다."

어차피 기억하지도 못하겠지만.

지금의 너는, 오늘의 일을 기필코 후회할 테니.

기억하려 발버둥 쳐 봐라.

"그게 무슨 소리……."

강지연이 미처 말을 마치기도 전에.

신서진의 손에 들린 카두케우스가 빛을 뿜었다.

＊   ＊   ＊

한 시간도 채 남지 않았다.

신서진은 터벅터벅 계단을 내려가서 2학년 A반으로 향했다.

남은 시간만큼 마음도 조급해졌기에 발걸음은 이전보다 빨랐다.

A반에 도착하자마자 신서진은 허강민을 찾았다.

"반장 어디 갔어?"

아까처럼 싸늘한 표정은 아니지만 어딘가 평상시의 신서진 같지는 않다.

급한 일이라도 생겼나.

최성훈은 인상을 찌푸리며 신서진을 붙들었다.

"왜, 무슨 일이야?"

서하린이 뒤늦게 돌아와 옷이 사라졌다는 사실을 알렸을 때, 최성훈은 이미 A반으로 내려가 있었다. 그렇기에 아직 무슨 일이 일어났는지 정확히 모르고 있다. 신서진은 그 내막을 자세히 설명하는 대신에 짧게 요약했다.

"무대 의상으로 써야 할 옷이 사라졌어."

"뭐? 무대 의상이?"

최성훈은 놀란 눈으로 시계를 확인했다.

"야, 한 시간도 안 남았어. 너네 어떻게 할 건데? 어디 갔는지도 몰라?"

"그래서 찾으러 왔잖아. 허강민 어딨어."

"걔……? 걔가 이거랑 관련 있어? 아니, 알았어. 데려올게."

최성훈은 허둥지둥대다가 복도로 뛰쳐 나갔다. 얼마 지나지 않아 급수대에서 물을 마시고 있던 허강민이 최성훈의 손에 질질 끌려왔다. 무슨 일이냐는 듯, 한없이 당황스러워하는 표정이다.

"나… 왜 찾은 건데?"

"네 사물함 좀 열어 줘."

"내 사물함을? 갑자기?"

A반의 반장 허강민은 둥글둥글하니 누구와도 무던하게 지낼 성격이었다.

하지만, 그런 그에게도 난데없이 사물함을 열어 달라는 것은 의아한 요청이었다.

"급한 일이야. 두 번 말하기 귀찮으니까 최대한 빨리."

"최성훈, 얘 왜 이러는 거야?"

"나도 뭔지는 모르겠는데 급한 일은 맞거든. 일단 도와줘 봐. 볼 게 있나 보지."

물론 허락 없이 사물함을 열고 의상을 낚아채 가는 것도 가능하지만, 나중에 복잡해질까 봐 참았다.

허강민은 고개를 갸웃거리며 제 사물함으로 향했다. 신서진은 허강민의 사물함 앞에서 인상을 찌푸렸다.

"원래 잠궈 두는 편이야?"

"아니, 늘 열어 두는데. 딱히 훔쳐 갈 물건도 없어서. 그런데 네가 뭘 보려고 하는지는 모르겠는데 볼 것도 없어. 자, 봐……"

벌컥—.

별생각 없이 사물함을 열었던 허강민은 그대로 얼어붙었다.

"어?"

책과 교과서가 위치한 한편. 대충 쑤셔 박아 놓은 체육복. 칫솔과 양치 컵까지.

어지럽게 정리된 사물함 안에 자신의 물건이 아닌 것이 있었다.

"이… 이건……"

무대에서나 입고 올라갈 법한 깔끔한 디자인의 여자 옷. 그 정체를 확인한 최성훈의 얼굴이 싸늘하게 식었다. 사라진 무대 의상이 맞다.

허강민은 기겁하며 손을 내저었다.

"뭔지… 뭔지는 모르겠는데 나 아니야!"

신서진이 무대 의상에 관한 얘기를 주워섬기는 걸 들었던 몇몇 애들이 놀란 눈으로 세 사람의 주변을 둘러쌌다.

허강민의 사물함에서 발견된 서하린의 무대 의상. 해명을 해 보라는 듯 최성훈은 허강민을 돌아보았다. 그건 다른 A반 녀석들도 크게 다르지 않았다.

"어떻게 된 거야?"

"네 옷 아니지 않아?"

"저게… 왜… 저기서……."

술렁술렁.

자신을 둘러싸는 애들의 말에 허강민은 새하얗게 질렸다.

그 틈에서 신서진은 담담하게 서하린의 무대 의상을 챙겼다.

"서하린 거 맞네."

뒤늦게 상황을 눈치챈 허강민의 얼굴이 일그러졌다.

"나 걔랑 안 친해! 내가 가져온 거 아니야! 진짜… 진짜 저게 왜 저기서 나왔는지도 모르겠고……. 나는 건드린 게 없는데……. 충분히 오해할 만한 상황인 거 알지만……."

"알아. 아니까 따라와."

"어… 어?"

신서진은 허강민이 한 짓이 아니라는 걸 이미 알고 있었다.

나중에 무대 의상을 빼돌린 걸 들킨다 해도 완전히 발뺌할 수 있게, 제 교실도 아닌 후배의 교실 사물함에 서하린의 옷을 숨겼다.

애초에 제 사물함에 무대 의상이 있을 줄 알았다면, 저리 흔쾌하게 사물함을 열었을 리도 없을 터.

허강민은 그냥 운 나쁜 피해자였다.

"뭐… 뭐가 어떻게 돌아가는 거냐……."

허강민은 혼란스러워하며 중얼거렸다.

*　　　　*　　　　*

서하린은 먼 길을 돌고 돌아온 제 무대 의상을 보자마자 펑

펑 울었다.

다행히 찢겨 나간 구석도 없었고 당장 입어도 될 정도로 멀쩡했다.

허강민은 서하린을 힐끗 돌아보면서 거듭 강조했다.

"다시 한번 말하지만, 나는 진짜 어떻게 된 건지 몰라."

편입 첫날부터 서하린이 해 온 행보를 떠올려 보자.

이사장 조카라는 범접할 수 없는 수식어.

거기에 연극영화과 여자애랑은 머리채를 잡고, 한 학년 선배와는 고성을 지르며 싸워 댔다.

그 모든 걸 직관했던 허강민은 살짝 쫄아 있는 상태였다.

'…무서운 애다.'

그리 생각하며 한 번 더 중얼거렸다.

"정말 몰라……. 나 억울해. 진짜로."

허강민의 걱정과 달리, 서하린은 눈물을 훔치며 곧바로 감사 인사를 했다.

"알아. 찾아 줘서 고마워."

"어? 응……."

누가 봐도 오해할 만한 상황이었다.

이렇게 바로 믿어 줄 줄은 몰랐기에 당황했다.

무대 의상을 받아 들고 환하게 웃으며 좋아하는 서하린을 보니 소문처럼 나쁜 애는 아니라는 생각이 들었다.

자신 때문에 무대를 망칠지도 모른다는 중압감에, 서하린은 강지연을 찾아가 따지는 용기를 냈다.

무너지면서도 쉬지 않고 발로 뛰어다녔다.

신서진은 그 모습이 한편으론 대견했다.

옆에서 울먹이는 서하린을 토닥이던 유민하는 싱긋 웃으며 말했다.

이제야 한숨 놨다.

"서하린, 너 빨리 일로 와. 하도 울어서 메이크업 다시 해야 하거든? 시간도 얼마 안 남았어!"

"어… 어어……."

매사에 틱틱대던 서하린도 오늘은 군말 없이 유민하를 따라 갔고.

허강민은 그제야 안도의 한숨을 푹 내쉬었다.

신서진이 그런 허강민의 옆에 앉았다.

"최성훈이 상황 설명 알아서 해 놨을 거야. 너무 걱정하진 않아도 돼."

"어, 재평가 끝나면 애들한테 확실히 말해야지. 너도 바쁠 텐데, 어서 준비하러 들어가."

침착해진 허강민은 도리어 신서진을 걱정했다.

무대 직전에 이렇게 흐름이 끊기는 것이 얼마나 큰 손해인지 알기에, 급한 와중에 마음을 졸이며 이리 뛰고 저리 뛰었을 동급생들을 생각한다.

"착한 편이구나."

"…칭찬이야?"

믿을 만한 인간이다.

뭐를 좀 맡겨도 되겠지.

신서진은 미소를 지으며 입을 뗐다.

"그런 의미에서 부탁할 게 있어."

"응? 뭔데?"

그때, 이유승이 저편의 카메라를 가리키며 말을 얹었다.

"어, 신서진! 모니터링해야 하니까 영상 촬영 세팅 좀 해 줘!"

신서진에게 한 말이었지만, 카메라 거치대의 개념을 모르는 신서진은 그걸 허강민에게 떠넘길 참이었다.

"아까부터 쟤가 저런 말을 하던데……. 너는 키가 크군."

185㎝ 가까이 되어 보이는 상당한 키. 새하얀 곰돌이처럼 둥글둥글하게 생긴 인상과 달리, 이 중에서도 키가 가장 큰 편이다. 신서진은 만족스러운 조건의 동급생을 발견하곤 흐뭇하게 웃어 보였다.

"인간 거치대로 좋겠어."

"…응?"

"들었지? 영상 좀 찍어 달래."

"내, 내가?"

"너 정도면 훌륭한 인간 거치대지. 겸손할 필요 없다. 자신감을 가져."

"뭔… 뭔 소리야?"

"파이팅!"

졸지에 이들의 무대를 타의로 관람하게 된 허강민이었다.

*　　　　　*　　　　　*

약 열 명 남짓의 선생들이 심사 위원석에 착석했다.

공개적인 행사도 아니건만, 평가장에는 긴장감이 감돌았다.

데뷔 클래스 담당 선생들뿐만 아니라, 2, 3학년 담임 선생들도 함께 있는 자리다.

오늘 무대를 선보일 학생들은 서울예고를 통틀어 가장 주목받는 열 명의 학생들이다.

그렇기에 지도 학생을 찾기 위해 혈안된 시선들이 곳곳에 있었다.

"자, 시작할까요?"

첫 번째 무대는 자신들의 차례다.

강지연은 커튼 너머를 내다보며 떨리는 손을 움켜쥐었다.

한시은과 같은 조. 전에 있었던 말싸움으로 분위기는 최악인 상태였지만, 같은 배에 탄 입장에서 서로가 최선을 다할 생각이었다.

강지연의 조에는 이미 한시은처럼 SW 엔터와 계약한 상태거나, 다른 엔터의 데뷔조로 낙점받은 학생도 있었다. 그렇기에 데뷔 클래스에서 생존하고 SW 엔터와 계약을 따내는 일이, 지금의 강지연으로서는 간절했다.

이 무대를 무사히 끝내야 한다.

'할 수 있어.'

강지연은 애써 한시은의 시선을 피하며 마지막 호흡을 가다듬었다.

아까부터 심장이 알 수 없는 이유로 떨려 오는 까닭이다.

무대를 앞두고 긴장한 떨림이라기보다는.

굉장히 두려운 걸 마주했던 듯 위태로운 떨림이다.

'아까부터 왜 이러지?'

강지연은 심장에 손을 얹은 채 인상을 찌푸렸다.

뭔가, 중요한 걸 잊은 기분.

그러고 보니, 아침에 서하린의 의상을 **빼돌렸던** 거 같은데.

그 뒤로 어떻게 됐지?

'2학년 애들이 진작에 발견해서 건네준 거 아니야? 멍청하게 사물함에 넣지 말고 그냥 쓰레기통에 찢어서 버릴 걸 그랬나…… . 하, 어떻게 된 거야?'

그런 생각을 할 때마다 심장 한편이 쿡쿡 쑤셔 온다.

이 역시 죄책감을 가장한 두려움이다.

하나, 아무것도 기억하지 못하는 강지연은 이 감정조차 기억하지 못했다.

"1조, 무대 올라오세요."

그렇기에 최서연 선생의 말에 무대에 올라설 뿐이다.

그 뒤에 벌어질 일은 꿈에도 모른 채.

*　　　　　*　　　　　*

1조가 준비한 무대는 유명 여자 아이돌의 수록곡 〈FLOWER〉.

안무가 지나치게 격한 곡이라고 중간 평가에서 지적받았던 1조는 결국 곡을 바꾸는 선택을 했다.

주영준 선생이 펜대를 돌리며 한재규에게 물었다.

"애네 직전에 곡 바꿨죠?"

"네. 저는 바꾸는 게 나을 거라고 봤습니다만, 시간 안에 적

응했을지 좀 걱정되네요."

준비할 시간이 부족했을 텐데.

주영준 선생은 혀를 차며 시선을 돌렸다. 어차피 1조에서는 한시은의 역량이 압도적이다. 바람 앞의 등불과도 같은 팀 신세를 어떻게 바꿔 놓을지가 선생들의 주요 관심사였다.

밝은 조명이 머리 위로 깔리고, 한시은이 천천히 걸어 나온다.

곧바로 청아한 음색이 도입부를 연다.

무작정 떠나 찾아온 꿈의 화원
너와 내가 심은 씨앗이 여기 자랐어

"잘하는데?"

모두의 걱정이 무색하게도, 도입부부터 감이 온다.

흠 잡을 데가 없는 깔끔한 손짓. 한시은은 웃으면서 힘들이지 않고 고음을 내질렀고, 그 모습은 프로 아이돌만큼이나 아름다웠으며, 능숙했다.

뒤편에 앉은 유재현도 놀란 눈으로 무언가를 메모했다.

한시은의 유연하고 부드러운 안무를 따라서 강지연이 흩날리듯 팔을 뻗었다.

두 사람은 페어 안무를 매끄럽게 소화해 낸다. 짧은 시간 동안 공들여 준비했던 안무. 어느새 선생들의 입가에선 흐뭇한 미소가 새어 나왔다.

"와……."

3학년들의 관록을 보여 주는 무대다.

겨우 열아홉 남짓한 아이들에게서 관록을 논하는게 조금 우스울 수 있겠지만, 어린 학생들에게 춤은 1년, 1년이 다르다. 뒤에 기다리고 있는 2학년들에 비해 3학년은 무시할 수 없을 정도로 많은 경험을 쌓았고 이런 중요한 평가에서 대처하는 법을 알았다.

　"이대로라면 셋 다 잔류할 거 같은데요."

　주영준 선생은 그렇게 말했고, 이규필 학년부장 역시 고개를 끄덕이며 평가지를 작성했다.

　첫 조부터 상당한 수준의 무대를 보여 줬으니 아마 뒷조들은 긴장할 것이다……

　하지만, 그런 생각은 오래가지 않았다.

　자신감을 얻은 강지연이 허리를 숙인 한시은를 뛰어넘는 고난이도의 페어 안무를 선보이던 순간이었다.

　"악!"

　꽈당─.

　강지연은 그대로 바닥에 엉덩방아를 찧고 말았다.

　치명적인 실수였다.

　"어어……?"

　선생들은 일제히 놀란 눈으로 고개를 들었지만, 당연히도 무대는 계속된다. 상당히 아팠을 텐데도 강지연은 내색하지 않고 바로 동선에 합류하려 했다.

　방금 전은 꽤 컸지만 저 정도의 의지라면 참작해 줄 만하다.

　평가지에 두 줄을 그은 이규필 학년부장은 잇단 비명에 인상을 찌푸렸다.

비틀거리며 춤을 추던 강지연이 다시 뒤로 자빠졌기 때문이었다.

"바닥이 미끄럽나?"

"기름칠이라도 했어?"

"빙판도 아니고 무슨……."

휘청―.

일어나려던 강지연은 제대로 몸을 가누지 못하고 흐느적댔으며.

흐름이 끊긴 안무는 완전히 형편없었다.

"바닥은 멀쩡한 것 같은데요?"

한시은은 당황했지만 제 파트를 완벽히 선보였고, 거기엔 어떤 흔들림도 없었다.

아니, 강지연이 있었던 자리를 밟는데도 그저 태연할 뿐이었다.

"문제… 없는 거 같은데?"

"쟤만 왜 저러는 거야?"

강지연은 패닉에 빠진 얼굴로 주춤거리다가 한 박자 늦게 들어가고 말았다.

한 번 틀어진 박자는 쉽게 따라잡을 수 없었고, 강지연은 삐걱이며 안무를 이어 나갔다.

'말도 안 돼. 대체 왜 이러는 거야?'

제 몸이 제 몸 같지가 않다.

분명 연습했던 파트인데 마음처럼 되질 않는다.

강지연은 조급한 마음에 다시 한번 실수를 해 버렸고, 대형이 크게 깨져 버렸다.

이제는 강지연 때문에 전체 군무가 이상해 보이는 지경에 이르렀다.

한시은이 저렇게 멱살 잡으면서 무너져 가는 안무를 받쳐 주고 있거늘.

강지연은 쉬운 안무를 추면서도 그걸 받아먹지 못했다.

뒤편에 있던 학생 하나가 혀를 찼다.

그 소리마저 또렷이 들려와서 강지연의 귀에 박혔다.

이대로는 데뷔조에 남을 수 없어…….

왜… 왜 이런… 멍청한 실수를…….

'후회할 거다.'

바람을 타고, 그런 목소리를 들었던 것도 같다.

후회한다니.

강지연은 더 이상 춤을 추지 못하고 제자리에 우두커니 섰다.

"쟤는 왜 노래도 안 불러?"

"야, 강지연! 너 왜 그래!"

"컨디션이 안 좋아? 애가 왜 무대에서 넋을 놓고 있지?"

"하아… 하…….."

아까부터 심장을 쿡쿡 쑤셔 오던 감각의 근원을 이제야 알았다.

이 상황을 예감했다.

이렇게 될 거라는 걸 알아서, 두려웠다.

"죄송해요…….."

"죄… 죄송합니다."

결국 형편없이 끝난 무대.

"……."

한시은과 다른 팀원이 차갑게 식은 얼굴로 무대를 빠져나가는 동안, 강지연은 마지막까지 울먹이며 무대에 남아 있었다.

한재규 선생이 담담한 목소리로 마이크를 들었다.

"몸 컨디션이 안 좋은 건 그럴 수 있지. 무대에서 실수, 얼마든지 할 수 있어."

"흐읍… 흡……."

"하지만."

한재규 선생은 강지연을 올려다보았다.

"무대를 포기한 건 최악이다."

덜덜 떨며 손톱을 물어뜯고 있던 강지연의 두 손이 툭, 하고 떨어졌다.

"최선을 다하지 않은 무대에는 줄 평가가 없구나."

"선생님, 이게 어떻게 된 거냐면요……."

"나가 있어라."

그 말에 담긴 의미를, 강지연은 이해했다.

"아……."

방출이 확정된 셈이었다.

*　　　*　　　*

1조에서는 강지연의 치명적인 실수가 있었다. 어디 아픈 애처럼 자꾸 넘어지는 통에 전체적인 흐름도 끊기고 말았다. 여러모로 처참한 무대였다.

1조에 이어서 나온 팀은 마찬가지로 3학년 전원으로 구성되어 있었고, 앞 팀이 엄청난 실수를 연이어 한 것에 비하면 준수한 무대였다. 까다롭기로 유명한 2학년 선생들도 만족한 얼굴로 박수를 쳤다.

"그래, 이게 데뷔 클래스지. 이게 선배고."

"남은 게 2학년들이죠?"

"네, 맞습니다. 잘할런지 모르겠네요. 애들이 긴장하면 충분히 실수할 수도 있어서……."

아까의 강지연을 떠올린 주영준 선생의 얼굴은 어두워졌다.

3조의 네 명 모두 자신의 반에 속해 있는 녀석들이다. C반부터 함께 끌고 올라온 신서진도 있다.

기왕이면 별 실수 없이 깔끔히 무대를 마무리해 주길 바란다.

주영준 선생은 흐뭇하게 웃으며 한재규 선생에게 말했다.

"잘할 겁니다."

"저도 그랬으면 좋겠네요."

싹수가 보였다. 지난 중간 평가 때 신서진의 성장한 기량을 본 한재규 선생 역시 3조에 기대하는 바가 많았다. 심각한 얼굴로 네 사람의 등장을 지켜보는 주영준과 한재규. 그 사이에 앉은 최서연 선생이 붉게 달아오른 볼로 중얼거렸다.

"아이구, 우리 민하 잘해야 하는데!"

"언제부터 우리 민하가 되셨습니까?"

"제 지도 학생 될 거거든요."

"…민하 학생 의견은 어디로 갔죠?"

주영준 선생의 짓궂은 추궁에 최서연 선생은 인상을 찌푸리며 주머니에 손을 찔러 넣었다.

"몰라요. 하여튼 꼭 데려올 거예요."

"어지간히 탐나시나 봅니다."

"네. 그러니까 주영준 쌤은 채 가시면 안 돼요. 아시겠죠?"

"채 갈 건데요?"

"네에?"

투닥투닥.

두 선생이 앞자리에서 지도 학생을 놓고 설전을 벌이는 동안.

유재현은 이미 수북이 쌓인 메모지를 보며 다음 차례를 기다렸다.

이규필 학년부장에게 사정사정해서 평가장에 잠입했건만, 아직까진 예능에 섭외할 만한 녀석들이 보이지 않는 까닭이었다.

"눈에 띈 애가 딱히… 없는데……."

그나마… 한시은?

강지연의 실수에 묻혀서 그렇지, 분명 능력은 있는 애였다.

유재현은 턱을 쓸어내리며 중얼거렸다.

"아니면 넘어진 애라도 인터뷰 따 올까."

진짜 겁나 웃기게 넘어졌는데.

흐느적대는 연체동물을 보는 듯했던 퍼포먼스.

특히나 뒤에서 덧붙이던 해설 때문에 유재현은 웃음을 참지 못했다.

'거의 뭐 슬라이딩이죠? 혼자 자빠지죠?'

'대체… 왜… 왜 혼자 저러시는 거야? 뒤에서 누가 잡아끌어?'

'아, 미치겠다. 기말 평가 역사를 혼자 써 내려가시네?'

돌아보니 카메라를 세팅하고 있는 두 명의 학생.

아직까지도 그 얘기로 강지연을 씹어 대고 있었다.

유재현은 저들의 말로서 강지연의 평판을 추측했다.

'인덕을 잘 쌓아 온 케이스는 아닌가 보군.'

역시 그런 사람을 방송에 내보내는 건 좀 그렇다.

기각.

유재현은 강지연의 이름에 두 줄을 그었다.

자신들이 씹어 대던 얘기가 어떤 영향을 미쳤는지 알 길 없는 최성훈은 그 와중에도 혀를 내두르고 있었다.

"원래 인성 터지게 살면 벌받는 거야."

"옷 내 사물함에 넣어 둔 게 저 선배야?"

"어어, 맞대."

"아, 씨. 한 번 더 자빠졌었어야 했는데……."

시무룩한 얼굴로 중얼대는 허강민. 최성훈은 의외라며 웃음을 터뜨렸다.

"야, 네가 그런 말도 할 줄 아냐?"

"나도 할 말은 해. 억울하잖아."

"카메라 세팅 좀 다시 해 봐. 아니, 이걸 왜 우리를 시키고 갔냐?"

"인간 거치대래……."

"누가? 신서진이?"

"어엉."

"걔도 인성 하나는 참 아름답지."

선생들은 신예의 발견을 기대하면서.

막내 작가는 출연 섭외를 잡아 보려.

두 명의 친구들은 모니터링용 영상을 찍기 위해.

다들 두 눈을 반짝인다.

찰나의 순간도 놓치지 않으려 한다.

"시작하겠습니다."

"와아아악! 2학년 파이팅!"

그렇게 모두가 기다리던 무대가 시작됐다.

『예고의 음악 천재』 4권에 계속…